EL ARCHIVO CONFIDENTE:
Tras las huellas de un asesino

Josefa Francisca Torres Neira

EL ARCHIVO CONFIDENTE:
Tras las huellas de un asesino

PRIMERA EDICIÓN
Octubre 2021

Editado por Aguja Literaria
Noruega 6655, dpto. 132
Las Condes - Santiago de Chile
Fono fijo: 56 - 227896753
E-Mail: contacto@agujaliteraria.com
www.agujaliteraria.com
Facebook: Aguja Literaria
Instagram @agujaliteraria

ISBN
9789566039921

Nº INSCRIPCIÓN:
2021-A-9009

TAPAS:
Imagen de Portada: Melany Soto Maldonado
Diseño de Tapas: Melany Soto Maldonado

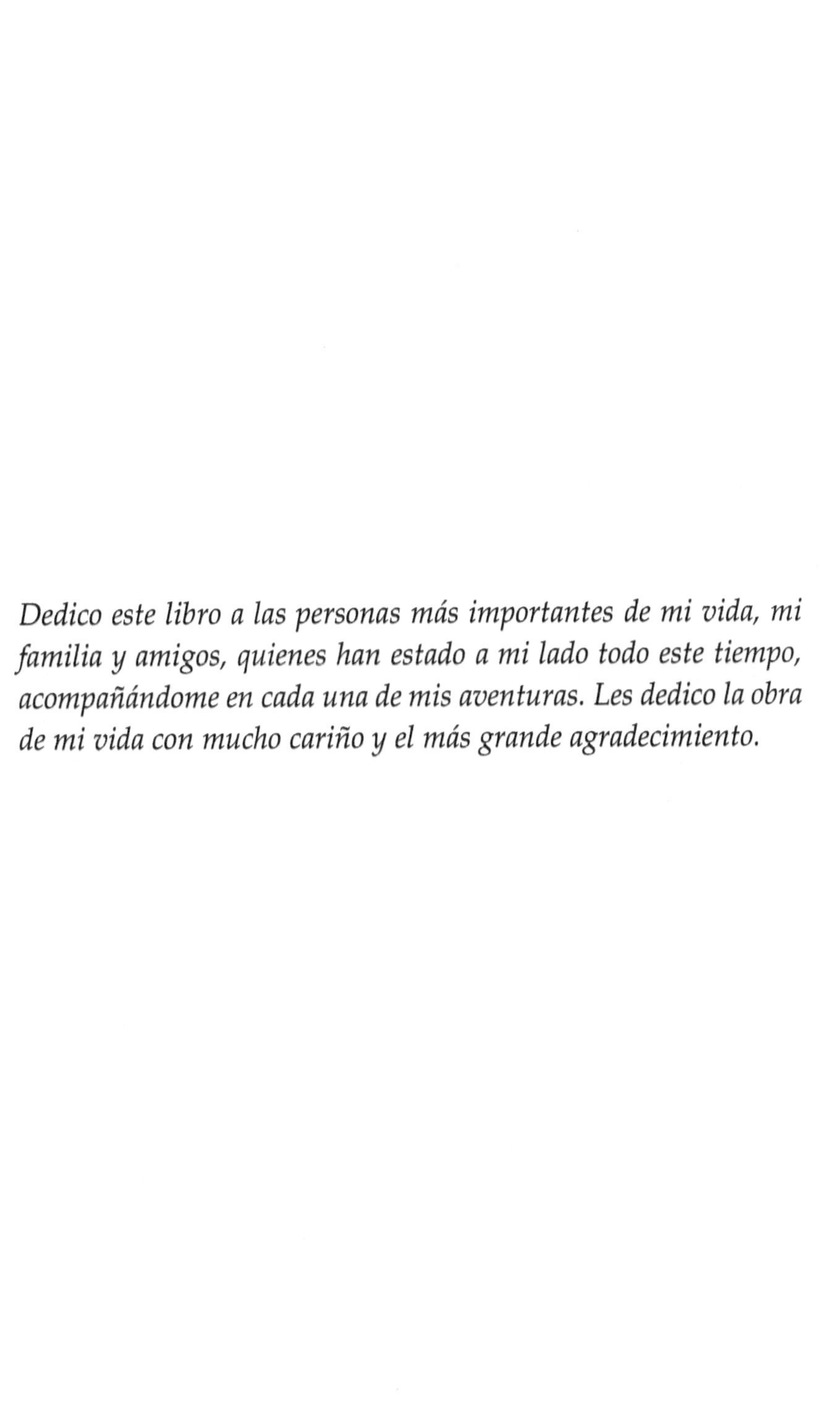

Dedico este libro a las personas más importantes de mi vida, mi familia y amigos, quienes han estado a mi lado todo este tiempo, acompañándome en cada una de mis aventuras. Les dedico la obra de mi vida con mucho cariño y el más grande agradecimiento.

ÍNDICE

Capítulo 1

Era otra mañana fría y oscura en Londres. Afuera los truenos y la lluvia hacían correr a la gente de un lado a otro. En mis manos permanecía un vaso de café igual a los que venían acompañándome desde mi primer día de trabajo, mientras en mis ojos podía notarse el cansancio y en mi mente la desesperación.

A medida que observaba con tranquilidad por la ventana de mi despacho, entró mi secretaria. Tenía voz ronca, al principio pensé que su resfrío mejoraría con el pasar de los días, pero llevaba dos semanas con un tono bajo e irritante que no mejoraba. Me volteé a verla, seguía de pie en la entrada sin decir una palabra.

—Mareen, ¿qué ocurre?

Desde que la conocí a los nueve años, siempre que debía dar malas noticias reflexionaba sobre cómo decirlas rápido.

De pronto, salió de su trance:

—Tenemos un caso, así que debemos irnos, directora.

Mi mente estaba en blanco, sentí que una seguidilla de mala suerte caería sobre nosotros; más adelante se darán cuenta de que no me equivocaba.

Tomé el abrigo y mi celular antes de caminar lo más rápido posible para salir del edificio. Afuera mi secretaria subía sin demora a un auto negro que nos llevaría a la escena del crimen. El trayecto transcurrió sin novedades.

Al llegar me percaté de que todo mi equipo estaba desplegado en la zona, la sangre derramada en la entrada se desplazaba hasta la escalerilla de la enorme casa. Tenía un patio lleno de flores blancas, me recordó la escena de *Alicia en el País de las Maravillas* donde las flores blancas eran pintadas de rojo, pero esa vez no eran las cartas ni Alicia quienes decoraban el jardín, sino la sangre que caía sobre la escalinata y se deslizaba con lentitud entre los rosales blancos. La víctima era una mujer de larga y rubia cabellera, vestía una blusa blanca, *jeans* azules y zapatos altos. Al acercarme a mirarla, en sus ojos vacíos noté el miedo.

Observé el cuerpo durante unos minutos, hasta que mi equipo forense arribó a la escena. La primera en aproximarse fue mi mano derecha, Jacqueline Wild. Mientras me hablaba, no pude evitar recordar cómo habíamos llegado a ese punto en nuestras carreras.

Asumí el cargo que era de mi padre a los veinticinco, dos años antes de aquella escena. Supe que sería difícil desempeñarme como jefa de investigaciones en Londres, pero era la más capacitada cuando ocurrió aquel fatal incidente. En ese momento nombré a Jacky jefa del departamento forense, y a Mareen mi secretaria y asesora personal. Aparte de ser mis mejores amigas, eran casi la única familia que tenía.

Seguí mirando el cadáver en el suelo durante varios minutos, prestando muy poca atención a las palabras de Jacky.

De pronto, otra voz interrumpió mis cavilaciones:

—¿Me estás escuchando?

Moví la cabeza para ver quién me hablaba. Aunque había un bebé de mejillas sonrojadas frente a la cara de la persona, reconocí a uno de los chicos del equipo forense, encargado de las fotografías. Tomé al bebé en mis brazos.

—¿De dónde lo has sacado?

—Estaba en una cuna en la sala —respondió algo tímido.

Entré a la casa con el niño en mis brazos y comencé a mirar a mi alrededor buscando a Jacky, quien examinaba otro cadáver. Pertenecía a un hombre caucásico de unos cuarenta y cinco años, llevaba terno y estaba sentado como si mirara la televisión.

Jacky comenzó a hablar mientras yo seguía paseando al bebé y mirando a mi alrededor, en busca de algún detalle crucial para la investigación que se avecinaba:

—Los han asesinado con una nueve milímetros; a la mujer, con un disparo directo en el pecho; al hombre, con uno en la cabeza. Seguro usaron un silenciador, ya que nadie escuchó las detonaciones. Al llegar a comer, cuatro vecinos vieron a la mujer muerta, pero sus esposas dicen que no se percataron de alguien sospechoso en los alrededores.

—Gracias, Jacky.

Me dirigí al segundo piso con el bebé en brazos. Con un poco de dificultad, me puse un par de guates antes de abrir los cajones de ropa para guardar algunas prendas en el bolso. Como la tarea resultaba complicada, preferí dejar al pequeño con alguien que pudiera hacerse cargo de él, así que deshice mis pasos para bajar las escaleras de la casa, salir y subir al auto junto a Mareen. Al parecer, los únicos familiares del menor estaban en Bournemouth, a más o menos un par de horas en tren o auto, así que decidimos viajar hasta el condado de Dorset.

Durante el trayecto noté que hacía frío, así que comencé a abrigar al bebé con la ropa que había sacado de la casa. Mareen bajó en un Costa Café por otro vaso para mí. Estaba cansada, pero debía entregar al niño yo misma, sabía que dar ese tipo de noticias era difícil, resultaba imposible saber cómo hablar, no encontraba las palabras correctas para evitar que doliera.

Durante todo el viaje miré por la ventana, se me hacía cada vez más grande el nudo en la garganta por la desgracia que caía sobre el pequeño. Recordé la ocasión en que me dieron la noticia de la muerte de mi padre. Fue difícil, pero era un hombre estricto y se habría molestado si me hubiese visto llorar, así que debí ser fuerte y asumir mis responsabilidades.

El auto se detuvo frente a una linda casa de dos pisos que miraba al mar, en la entrada se apreciaba un jardín hermoso y amplio.

Mareen descendió con rapidez y me ayudó a bajar.

—Esto de la maternidad te sienta bien —se burló.

—Sabes que me encantaría ser madre, pero no aún.

Nos acercamos al gran portón y descubrimos un citófono, así que lo presioné. Algunos minutos después, escuchamos una dulce voz:

—¿Hola?

—Hola, cariño. Soy la detective Juliana Anderson, vengo desde Londres. ¿Habrá algún adulto en casa?

La voz no respondió, pero la puerta se abrió. Con determinación, atravesamos el enorme jardín para llegar a la puerta, donde una mujer de vestido largo aguardaba.

—¡Hola! Soy la detective Juliana Anderson, vengo desde Londres.

Al escucharme, indicó que entrara. Cruzamos la puerta y nos sentamos en los sofás de la sala, mientras ella se alejaba hacia la cocina para preparar un té. La casa era enorme y acogedora, un ventanal hermoso y muy antiguo alegraba la vista.

Al regresar, calculé que la mujer tendría treinta y cinco años. Tomó asiento en una de las sillas frente a nosotras y nos recorrió con la mirada, pero al percatarse de que el bebé que sostenía en mis brazos era su sobrino, pegó un horrorizado grito:

—¡¿Qué ha ocurrido?!

Me inquietó un poco su voz algo irritada, así que la miré con atención.

—Estamos aquí porque hoy en la mañana han encontrado a su hermano y a su esposa asesinados en su domicilio en Londres, su sobrino es el único sobreviviente.

La mujer comenzó a llorar y a llamar a voces a alguien, aunque sus gritos dificultaban la tarea de descifrar el nombre. De pronto, una mujer de veintidós años apareció frente a nosotras, tomó al niño en sus brazos y se lo llevó a una habitación en el piso de arriba.

Algo más calmada, la mujer contó que su hermano no tenía enemigos. Había hablado con él aquella mañana, le comentó que tenía que hacerse cargo de los negocios de la empresa que manejaba, y aseguró que pronto iría a visitarla.

Seguimos conversando durante algunos minutos. Desde nuestra llegada no detecté algo inusual en la casa o la actitud de la mujer, ni Mareen me hizo alguna señal de sospechar algo, así que comencé a decirme que debíamos regresar a Londres para iniciar la investigación.

En cuanto la mujer lució más calmada, le solicité alguna prueba de su identidad antes de extenderle el documento de custodia del niño. Era provisional, por supuesto, pues le correspondería realizar los trámites necesarios frente a un juez, en especial si aparecía otro pariente interesado en criar el bebé, como alguien del lado de su familia materna.

Tras confirmar quién era, permití que firmara. Luego de eso, me suplicó que encontrara al asesino.

—No se preocupe, lo haré.

Durante el trayecto de vuelta a Londres, reflexioné en torno a los negocios que el señor James Smith manejaba, desconocíamos si había algo turbio detrás. ¿Lo habían asesinado por una mala jugada? ¿O alguien se beneficiaba de su muerte?

—Necesito que busques información sobre los Smith, tanto financiera como de su vida privada —ordené a Mareen de forma tropellada, mientras salía corriendo a mi oficina al bajar del auto.

Entré al lugar a la carrera para pasar al baño; con tanto ajetreo, no me fijé que había llegado Derek, mi padrino y general retirado, menos aún que una persona permanecía a su lado. Me asusté cuando reparé en ellos al salir, pues quien lo acompañaba era un hombre rubio y alto, de ojos azules y piel muy clara. Vestía una camisa blanca y un suéter azul que hacía juego con sus pupilas. Al mirarlos con detención, descubrí que el hombre se reía de mí; bueno, debí quedarme boquiabierta en cuanto lo vi.

Desde la puerta, mi inexperta ayudante murmuró:

—Llegó su padrino y el detective J. Schlack.

—Gracias —suspiré—, ya los he visto. Puedes retirarte.

La chica salió de la oficina cerrando la puerta a sus espaldas.

Derek fue el mejor amigo de mi padre. Tras su muerte, me acogieron en su casa, donde viví durante varios años, así que él y su familia se convirtieron en parientes para mí.

—¡Hola, hermosa! ¿Cómo te fue en el caso de hoy? —Me dio un fuerte abrazo.

Lo miré con cansancio.

—Ha sido difícil, pero todo estará bien.

Me observó antes de sonreír y señalar al hombre de pie junto a él:

—Te presento al detective J. Schlack… Me gustaría que se incorporara a la oficina y que pueda trabajar de cerca contigo.

Apenas pronunció aquellas palabras, mi mente colapsó. Derek solía sentir mucha nostalgia por su antiguo trabajo, así que pasaba por la oficina a menudo. Me resultaba útil, pues tenía mucha experiencia y sus consejos nos ayudaron en más de una ocasión. Sin embargo, llevar a alguien y pedirme que lo dejara trabajar a mi lado, solo significaba una cosa: sugería que necesitaba un compañero. ¿Acaso creía que no podía desempeñar mi labor sola? Estuve a punto de replicar de forma aireada, pero de pronto mi mente se dio cuenta de algo: ¿el apellido de aquel hombre rubio era Schlack? ¿Quizá era el hijo de Derek, ese que había vivido en Alemania largo tiempo? Debía ser él, ¿cómo no lo reconocí antes? El chico me tuvo flechada cuando éramos niños. Mientras estuvo en un internado en Alemania, no me enteré de que habíamos elegido la misma carrera, solo en ese momento me di cuenta de lo bien que habían guardado ese detalle.

—No te preocupes, sé que estará en buenas manos.

Ante mi falta de respuesta, Derek me dio un beso en la mejilla y se retiró, no sin antes agregar:

—Te veremos en la cena, cariño.

Asentí. Una vez a solas en mi oficina con el chico, solo se me ocurrió decir:

—¡Hola! ¿Me recuerdas?

Tras ignorarme, comenzó a buscar entre sus pertenencias. Lo miré extrañada, hasta que extrajo un curioso objeto que no veía desde hacía varios años. Se trataba de una estúpida carta que le envié, donde decía lo mucho que lo extrañaba, le expresaba mis deseos de verlo y confesaba que era el amor de mi vida; además, aseguraba que sería detective algún día y lo visitaría en Alemania.

No pude evitar recordar la relación que unía a nuestras familias. Nuestros padres eran grandes amigos, así que cada quince días viajaban para un día de campo durante el fin de semana. J. y yo nos divertíamos en aquellos paseos, perseguíamos insectos e improvisábamos fuertes fabricados con hojas y ramas. Recordé aquella primavera en la casa de campo en Irlanda; corríamos, él por el prado, riendo con su cabello largo al viento, mientras yo iba tras sus pasos hacia el lago.

Durante los veranos, era habitual que arrendaran una pequeña cabaña cerca de la playa, donde jugábamos vóleibol y disfrutábamos del sol y el sonido de las olas. Además, cada cierto tiempo íbamos a montar a caballo en el hipódromo de Ascot, éramos muy buenos para eso.

Tras partir a Alemania, J. vivió primero en un internado regido por estrictas normas, donde la mayor parte del tiempo no se le permitía el uso del teléfono. Además, sus padres me contaron que luego estuvo en el Ejército, donde también pasaba la mayor parte del tiempo incomunicado, y después dedicó su tiempo al curso de investigación policial.

Mi atención regresó a la oficina y a la carta que sostenía en sus manos. Mis mejillas se enrojecieron, así que comencé a hablar en forma atropellada:

—Eh… tendremos que asignarte una oficina, así que…

Para mi sorpresa, se me acercó con lentitud. Nerviosa, recordé cuando éramos pequeños y nos distraíamos con ese juego estúpido, así que lo miré sonriendo.

De pronto, se arrodilló y sus labios pronunciaron algo que jamás olvidaré:

—Querida y hermosa July, no dejé de pensar en ti en ningún momento. No nos vemos desde los diecisiete años, pero guardo tu recuerdo, tus labios… te llevo completa grabada en mi corazón… Mi amor, no hubo otra persona, siempre fuiste tú. Regresé de Alemania porque quiero que recuperemos el tiempo perdido.

Miré alrededor. Solo en ese momento descubrí que, de pie en mi puerta, estaban Jacky, Mareen y… adivinen, ¡Derek! Mis amigas susurraban que dijera que sí, aunque sus palabras no pasaban desapercibidas. Por su parte, Derek sonreía y repetía que respondiera con un sí.

Mi mente sabía que eso era lo que más quería, así que acepté su proposición. Lo amaba desde hacía años, fue mi primer beso, mi mejor amigo y estaba segura de que sería una relación maravillosa y no podía esperar a estar a solas con él, no había tenido muchas experiencias íntimas. Sé lo que piensan: "Tenías veintiséis, cumplirías veintisiete pronto…". ¿Saben? Durante mucho tiempo me guardé para el matrimonio y para él, era mi mundo, aunque la espera derivó en que aceptara salir con algunos chicos. Luego de marcharse, me enfoqué en mi carrera y mis sueños; sin embargo, al tenerlo frente a mí, solo pensaba que por fin estaría con él y trabajaríamos juntos, ¡estaba tan feliz!

Luego de celebrar con un café mi compromiso, comenzamos a hablar sobre el caso y compartimos lo descubierto hasta el momento en la sala de juntas. Jacky, como médico forense, reveló que el arma utilizada en el asesinato de los Smith había sido una nueve milímetros con silenciador; una de las balas impactó el corazón de la señora Smith, mientras que al marido le dispararon al cerebro. En la escena del crimen solo encontraron una huella de zapato y una tarjeta en el bolsillo del hombre. La tarjeta era negra, tenía una huella de gato en el centro y el propio asesino se presentaba como Don Gato.

Frente a esta última información, no pude evitar reírme.

—¡Qué bromista, Jacky! Pero este es un caso serio, amiga…

Me miró con seriedad, de inmediato me di cuenta de que no bromeaba.

—Estamos frente a un asesino que deja tarjetas de presentación, sospecho que este es solo el principio de su cacería.

Miré a mi alrededor antes de ordenar con firmeza:

—Esta tarjeta no debe salir a la luz. Metan todo en la caja y llévenlo a la bodega… Mareen, procura que esté para mañana la información financiera de la empresa de Smith, quiero el nombre de cada uno de los trabajadores; si alguno de ellos tiene libertad bajo fianza o es un exconvicto, necesito saberlo… Todo eso debe estar listo para la junta de las nueve treinta.

Me levanté, tomé el abrigo y mi teléfono, y abandoné las instalaciones; se hacía tarde y estaba cansada por las emociones de aquel día. En la puerta, vi a J. en su auto, aguardando que saliera. Las chicas y yo acostumbrábamos a irnos en un auto de policía que nos llevaba a casa, pero me dije que, por ese día, podrían tomarlo sin mí.

Como comenté antes, Derek era mi padrino y vivía con él desde la muerte de mi padre. Gracias a la amistad que ellos sostenían, J. y yo pasamos gran parte de nuestra infancia juntos. Tras su partida a Alemania, me quedé con su familia y seguí viviendo allí incluso después de asumir la jefatura.

Ya en casa, subí a mi habitación para tomar un baño y cambiarme de ropas. Apenas entré, descubrí una bella caja rosada que contenía un hermoso vestido blanco, era de novia. La prenda tenía una capa larga, detalle que me resultaba fascinante, ya que nunca quise una boda con velo. Luego de admirarlo, devolví el vestido a la caja y lo guardé en mi armario.

Debía prepararme, nos esperaba una cena elegante con familiares y amigos de los Schlack. Durante un instante, mi determinación flaqueó. Comencé a preguntarme si no sería demasiado pronto, J. acababa de regresar y hacía mucho que no nos veíamos, quizá había cambiado y yo no estaba considerando esa posibilidad… No obstante, sacudí estas ideas racionales de mi cabeza; por una vez, quería dejar de analizar lo que ocurría a mi alrededor, deseaba que hubiera en mi vida algo más que el cumplimiento del deber en mi trabajo y el conocimiento de las cosas atroces que los seres humanos son capaces de infligirse unos a otros.

Aún nerviosa, me senté frente a mi tocador, justo cuando alguien golpeó la puerta. Con su dulce voz, María, la esposa de Derek y madre de J., entró a mi habitación; siempre fue como una segunda madre para mí.

La mía era una mujer extraordinaria, aunque fría, así la recuerdo. Destacaba por su agudeza e inteligencia, además de su gusto por viajar. Era una persona de carácter fuerte que se dedicaba a la escritura, sin importarle cuán difícil podía resultar la vida de quien invierte todas sus energías a ese oficio. Siempre decía que las experiencias eran importantes y valiosas, no le gustaba quedarse en un solo lugar. Dos días después de la muerte de mi padre, abandonó Londres sin avisar, ni siquiera yo supe adónde se había ido, solo me dejó una tarde en la puerta de Derek. Jamás recibí una carta o una llamada, ni me preocupé por averiguar su paradero.

—Recuerdo el día que llegaste a esta casa. Eras una joven muy traviesa y divertida… Tu madre fue como mi hermana; a pesar de ser mejores amigas, se convirtió en mi única familia… Ahora, mi niña, eres todo para mí y sé que serás una novia maravillosa… ¿Te ha gustado el vestido?

La miré sonriendo.

—¡Me ha encantado! ¡Eres mi mundo!

Nos fundimos en un cariñoso abrazo.

—¿Por qué no me contaste del regreso de J.? ¿Sabías que…? —Me sonrojé un poco, a pesar de mis intentos por hablar con naturalidad—. ¿Te contó lo que planeaba hacer al regresar?

—Mi niña, era una sorpresa para ti… Durante estos años, te he visto interesada en muy pocos hombres… Sé que J. ha estado en tus pensamientos durante largo tiempo… Es cierto que, hasta donde sé, no tuvieron mucho contacto desde que se fue a Alemania, pero en cuanto nos reveló sus intenciones, Derek y yo nos llenamos de alegría… Claro, existía la posibilidad de que tú ya no sintieras lo mismo por él, pero a juzgar por tu respuesta, asumo que no estábamos equivocados sobre tus sentimientos.

—¡No se equivocaron! ¡Muchas gracias! —Salté otra vez a sus brazos.

—Me alegro mucho. —Me estrechó con cariño—. Tus amigas están abajo. Alístate, ponte esto.

Me tendió otra caja adornada con un lindo listón, la abrí mientras ella cerraba la puerta tras de sí. En el interior descubrí un largo vestido estilo sirena, blanco con dorado, bastante hermoso.

Me daba los últimos retoques cuando mi puerta se abrió de nuevo.

—¡Cariño, te ves hermosa! Los invitados llegaron, debemos bajar.

Me acerqué a mi prometido y le di un largo beso.

—Te amo.

Me miró sorprendido. Después de tantos años, era la primera vez que le decía aquello.

—¡Me haces el hombre más feliz de la tierra!

En la planta baja de la casa había mucha gente vestida con elegancia, me sorprendió que hubieran reunido a tantas personas. Descendí las escaleras con J. a mi lado, aquel era uno de los muchos pasos que daríamos juntos. Noté la expresión de celos de algunas de las invitadas, supuse que estaban más enteradas de la noticia de su regreso a Londres que yo.

Ser el centro de atención por la noticia del compromiso desató en mí una timidez inusitada. Estaba acostumbrada a ser el centro de atención en las noticias, pues me mencionaban como jefa de investigaciones, pero cuando se trataba de mi vida personal, prefería mantener un perfil bajo, a pesar de haber soñado con un momento así durante años.

A pesar de eso, aquella fue una noche agradable en compañía de los invitados. Tras mucho rato de pláticas y saludos, anunciamos el compromiso desde la escalera al momento de despedirnos para ir a dormir. Eran las doce en punto, así que subimos los peldaños y entré a mi cuarto, mientras J. aseguró que me acompañaría para dormir a mi lado en un momento. Aproveché de ponerme mi pijama y quitarme el maquillaje mientras lo esperaba.

Apenas entró en la habitación, me puse nerviosa. ¿Cómo era posible que un chico se pusiera tan guapo en solo unos años?

—¡Hey, ven! Te van a entrar moscas, July, ven a dormir.

—A mí no me entran moscas, J. La verdad, no sé cómo nos vamos a casar en solo un par de meses… Ha sido repentino eso… ¡Hay tanto por hacer! Y no sé… hace tanto que tú y yo no nos veíamos…

—Despreocúpate de todo eso, July, nos queda toda la vida por compartir… Con respecto a la boda, mi madre se encargará de los preparativos… Tú solo tienes que…

—Sí, tienes razón… —lo interrumpí—. Debo… debo enfocarme en el caso.

—Sí, pero puedes hacerlo mañana. Ven y abrázame.

Su expresión haciendo pucheros ganó la batalla, como siempre.

Permanecimos abrazados algunos minutos, hasta que sus padres entraron a darnos las buenas noches. Siempre lo hacían cuando estaba sola, asumí que quizá pensaron que aquella noche también dormía sola. Apenas notaron que había un polizón en mi cama, comenzaron a reír.

—¿Sabes a qué me recuerda esto, Derek? Cuando eran niños, dormían juntos y les leíamos historias... Siempre supe que un gran amor nacería en ustedes. Buenas noches, chicos.

Respondimos a las buenas noches y nos acurrucamos, mientras me hundía en el olor que extrañaba sentir.

Capítulo 2

Desperté a las seis en punto de la mañana, mientras Derek entraba a mi habitación con la bandeja que preparaba para mí todos los días.

—Dónuts recién horneados, café cargado, tostadas y jugo recién exprimido directo del árbol a tu cama —dijimos al unísono, despertando al gruñón y dormilón J.

—Papá, ¿me has traído el desayuno?

—No es para ti, J., sino para July. Todas las mañanas las despierto, a ella y a tu madre, con su desayuno favorito.

Lo miré sonriendo, aunque seguía enfurruñado por haber sido despertado.

—Gracias, papá, lo comeré y me meteré a la ducha, tengo trabajo hoy.

Luego de decir esto, Derek me dirigió una sonrisa antes de desearme un gran día.

Salí de la cama y me acomodé en el balcón con mi bandeja, mientras J. se instalaba en la otra silla.

—¡Hey, el café es mío y el dónut también! —Lo miré con fijeza.

—Está bien, está bien, tomaré el jugo y las tostadas.

—De acuerdo —sonreí.

Al terminar de desayunar, Talía ingresó a la estancia. Tenía treinta años y se encargaba del aseo de la casa, incluida mi habitación. Era espaciosa, pues los padres de J. habían demolido la suya para agrandar la mía, creyendo que se quedaría a vivir en Alemania. Gracias a eso, tenía un baño enorme, un clóset amplio lleno de ropa y otro para zapatos, bolsas y gafas, además de un sinfín de accesorios y artículos de maquillaje. En el dormitorio cabía un espacio para improvisar una pequeña sala de estar con un televisor, así que la convertí en mi cine. Tras el regreso de J., Derek le dio la noticia de la remodelación, pero como íbamos a casarnos, decidimos compartir el espacio.

Aquella mañana elegí unos *jeans* negros, un suéter cuello alto marrón, botines negros y un abrigo del mismo color, complementados con gafas y aretes. Tomé un baño exprés, siempre iba atrasada al trabajo; luego me vestí mientras J. se duchaba.

Salimos juntos a las ocho treinta y cinco, nos subimos a mi auto blanco, pero le pedí que manejara, ya que aún me sentía cansada y estábamos a quince minutos de Londres. Durante el trayecto me dediqué a mirar mi Instagram, mis amigos me habían etiquetado en muchas fotos de la noche anterior. No solía invertir mucho tiempo en las redes sociales, el trabajo casi no me dejaba oportunidad para ese tipo de cosas, pero era agradable verme a mí misma fuera de la oficina, vestida con algo más que los atuendos formales y oscuros que utilizaba a diario.

Antes de darme cuenta, estábamos en la entrada del despacho. J. me abrió la puerta del auto y entramos de la mano a la oficina, directamente a la sala de juntas, donde mi equipo esperaba.

Nada más entrar, Mareen me entregó una carpeta con la información financiera del señor Smith. Tras ojearla en forma superficial, no encontré indicios de algo que señalara quién o por qué lo habían matado, sin embargo, seguiríamos investigando.

—Entre los trabajadores, solo hay un exconvicto, su nombre es Carlos. Lo encerraron por robo con mano armada, la policía viene en camino con él para interrogarlo.

—Gracias, Mareen… ¿Jacky?

—Encontré un pelo de gato en una de las víctimas, así que lo conservé para realizar un análisis. No obstante, el resto de las pruebas son insuficientes, no encontré huellas digitales ni cabello humano. Además, el análisis de un pelo de gato es complicado; en sí, esa es toda la información sobre el caso que tenemos hasta el momento.

Algunos minutos después, sentada frente al computador en mi oficina y abriendo el archivo digital del caso, fui consciente de que estábamos frente a una situación extraña. Teníamos un asesino suelto en la ciudad, nos había puesto en el ojo del huracán de los medios de comunicación. En tan solo horas, recopilamos información importante para el caso, como datos de las vidas de las víctimas, en especial sobre los últimos momentos que estuvieron en el mundo. El asesino se hacía llamar Don Gato, aunque desconocíamos las razones o los motivos; sin embargo, me dije que los averiguaría.

Un golpe en la puerta me sacó de mi trance. Era J. Siempre tan amable, me llevó un café.

—Amor mío, tienes que descansar, esto debe abrumarte.

Lo miré con seriedad.

—¿Podrías hacerte cargo de interrogar al sujeto que viene en camino? Necesito escribir el discurso para la prensa, estarán aquí a las dos de la tarde.

Asintió y me dio un beso antes de continuar su camino.

Una vez sola, pensé que quizá sí necesitaba un respiro, ese que no había tenido en años. Desde la muerte de mi padre, sentía que se me acababa el aire, pero sacudí ese pensamiento, pues debía concentrarme en lo que diría frente a los medios.

Casi dos años atrás había dirigido el caso de mi padre, quien falleció en un accidente automovilístico. El vehículo que lo impactó pertenecía a un hombre caucásico de cincuenta años y a su mujer de treinta y nueve. Luego de la investigación, lo archivamos como accidental y asumí el cargo en la oficina. Fue difícil, pero necesario para honrar su memoria.

Aquel caso de asesinato fue el primero para el que tuve que dar declaraciones en el podio de la escalera de la oficina. Llamé a Katia, mi ayudante, para pedirle que imprimiera el discurso. Dos minutos después regresó con él y una taza de café cargado, creo que todos se daban cuenta de lo mal que me sentía, no solo por la falta de pruebas o algo que indicara el camino que debíamos seguir, sino también debido al pequeño huérfano, me costaba sacar de mi mente aquel bebé que había perdido a sus padres de forma tan repentina.

Faltaba una hora para las dos de la tarde y me había encerrado como leona en mi oficina para revisar la declaración. En un momento apareció J. con una taza de costa café, un *bubble tea*, una dona de frambuesa y una pizza. El chico era el novio perfecto, sabía qué hacer para animarme.

Nos pusimos a conversar sentados en la alfombra, cerca del calefactor. Afuera la lluvia y los truenos eran imparables. A pesar de que había ensayado lo que diría, dos horas antes, llamaron para posponer la entrevista hasta que el clima fuera favorable.

—Trabajas demasiado, July.

—¿Eso crees? Mira… no es frecuente que ocurra algo como esto en Londres… una familia, en apariencia sin demasiada fortuna ni movimientos bancarios sospechosos, asesinada de la noche a la mañana… Hemos resuelto otros casos desde que asumí la jefatura, crímenes de todo tipo, pero en ninguno el culpable dejó mensajes para la policía.

—El mundo está lleno de maníacos, ya deberías saberlo.

—Es cierto, pero no me había tocado lidiar con uno, ¿entiendes?

—Creo que es demasiada presión para ti, July. Pronto nos casaremos, es posible que tengamos hijos en un futuro próximo y…

—¿Y qué? —No pude evitar contener la respiración, las palabras de J. siempre me estremecían, sabía con exactitud cómo descolocarme del papel que interpretaba frente a los demás.

—Y tal vez debas plantearte qué es lo mejor para tu vida, qué quieres en realidad…

—Quiero liberar el mundo de personas como la que asesinó a los Smith.

—Pero ¿en realidad es lo que quieres? —Me tomó la mano—. ¿Ese es tu sueño?

—¿Mi… mi sueño?

—Sí, tu sueño. Anoche, mientras compartíamos con nuestros invitados, me di cuenta de algo… quisiera que pudieras vivir así, tranquila, sin preocuparte por el horror que cometen otros.

—¿De qué hablas? ¡Este trabajo es mi vida!

—Pero ¿es lo que en realidad quieres?

—No entiendo a qué te refieres.

—July, ¿alguna vez te has preguntado por qué elegiste esta carrera? ¿Es lo que querías, o solo la elegiste porque tu padre y el mío se dedicaron a esto?

—¿Cómo se te ocurre dudar de…?

— ¿O porque desde niños yo dije que quería este camino?

—¿Qué insinúas? —Lo miré con el rostro marcado por la confusión.

—Nada, me parece que haces un buen trabajo, solo digo que tal vez no es lo que…

De pronto, Jacky entró a mi oficina sin tocar la puerta. En cuanto se dio cuenta de que J. me acompañaba, dudó en el umbral.

—Jacky, ¿qué ocurre?

—He descubierto algo importante, July. Creo que deberíamos reunir al equipo ahora, en lugar de esperar hasta la junta de mañana.

—De acuerdo. Por favor, di al resto que nos veremos en la sala de juntas en cinco minutos.

—Entendido.

Apenas cerró la puerta tras de sí, pude percibir que la atmósfera entre J. y yo era pesada. Antes de que pudiera articular una palabra, se me adelantó:

—¿Te parece que veamos una película al llegar a casa? —Me miró con una sonrisa—. Creo que la zona del televisor me corresponde, por ser mi antigua habitación.

De forma automática, mis músculos se relajaron. Sonreí y asentí.

En la sala de reuniones, Jacky reveló que, contrario a lo que indicaban las pistas iniciales, el señor Smith llevaba dos años lavando dinero de la compañía donde trabajaba. Aún estaba recopilando los datos sobre todas las transacciones, pero era indudable que esa podía convertirse en una nueva vertiente para la investigación. Quizá alguien lo había descubierto y quería vengarse o, incluso, quedarse con los millones robados.

Con esa nueva perspectiva, decidí que lo mejor era regresar a la escena del crimen, luego de una larga conversación con Derek y J. Con frecuencia, si dudaba sobre qué pasos seguir, consultar con Derek me aclaraba las ideas. Gracias a él entendí que era necesario volver al lugar para reconstruir mejor la escena, pensar en una hipótesis de lo ocurrido el día del asesinato y, si mis sentidos no fallaban, descubrir alguna pista que hubiera pasado desapercibida en la primera ocasión, pues el descubrimiento del bebé me había distraído de los detalles. No obstante, sabía que carecía de sentido ir sola, así que convoqué al resto de las personas involucradas en la investigación y les pedí que se adelantaran.

Permanecí en la oficina un par de horas más, releyendo y revisando mis anotaciones. Sin cesar, regresaba a las mismas problemáticas. Me intrigaban la tarjeta y la motivación del asesino para dejarla. Aunque la nueva evidencia sobre las actividades del señor Smith podía ocultar la razón del ataque, me estremecía al pensar que el culpable no había querido pasar desapercibido y, en el fondo, sentía que sus motivaciones iban más allá de un simple robo o venganza.

Al bajar del auto, vi que el equipo permanecía en la escena buscando huellas. Se hacía tarde, el frío me envolvió de pies a cabeza y la casa estaba iluminada.

Ingresé directo a la habitación de los Smith, quería encontrar algún indicio relevante que nos guiara hacia el asesino. Luego de hurgar durante un rato, me topé con varios documentos bancarios que decidí llevar a mi despacho con el fin de detectar algún movimiento del señor Smith que resultara sospechoso, como el retiro de un monto inusual o traspasos recurrentes a cuentas específicas, quizá algún soborno o chantaje. No obstante, también comencé a pensar que su señora no era alguien de fiar, intuí que llevaba una vida oculta gracias a una pequeña pista: la tarjeta de un club de estriptís que encontré en su cartera, con un nombre escrito. Sorprendida, me dije que quizá su esposo y su familia desconocían que llevara una doble vida, pero ¿qué era lo que ocultaba en realidad?

Al caminar con lentitud hacia la sala y salir de la casa, me percaté de que en el área del suelo donde encontramos a la señora Smith, permanecía una mancha de sangre en la que se adivinaba la silueta de una cadena. En las primeras pesquisas la habíamos pasado por alto, pero al secarse la sangre resultó más visible.

Sin demora, tomé una fotografía y llamé a Jacky.

—¿Por casualidad te fijaste si el cadáver de la señora Smith llevaba un collar con un dije de… no sé, similar a un lucero?

—No llevaba joya alguna. ¿Por qué?

—Te llamo luego, creo que el asesino se lo llevó.

Decidida a llegar al fondo de aquello, subí al auto y me dirigí al club siguiendo la dirección que aparecía en la tarjeta. Allí, el guardia me indicó que atravesara un pasillo detrás del escenario para encontrar a la mujer que buscaba, Donna S., según indicaba el nombre grabado en el dorso.

Llegué hasta la habitación, en cuya puerta aparecía el nombre de la mujer. Entré con sigilo, sin llamar, pero estaba vacía. Aproveché la oportunidad y hurgué entre las pertenencias de la desconocida, hasta encontrar una tarjeta muy particular, similar a otra que conocía:

Querida detective:

Lo que busca no lo encontrará aquí. Siga mis huellas, quizá la lleven a algún lugar o la distraigan de la realidad.

Atte.:
Don Gato

Irritada por aquel descubrimiento, seguí revolviendo cajones y todo lo que encontré alrededor en el pequeño cuarto, hasta que me topé con fotografías de la señora Smith y las metí en mi bolsa.

En cuanto estuve segura de que no tropezaría con algo más, salí con la intención de conversar con alguna chica del lugar que pudiera explicarme qué ocurría en la vida de la señora Smith, o Donna, como hacía llamarse.

De pronto noté que una mujer rubia, alta y delgada, me observaba desde el final del pasillo con la mirada perdida. Me acerqué con lentitud y le expliqué quién era. Sin responder, indicó que entrara a una habitación cercana, cuyo mobiliario era rosa. Ocupé una de las sillas mientras ella se sentaba sobre la cama en un silencio que se prolongó largos instantes, hasta que su voz interrumpió el incómodo momento.

—Detective, la estaba esperando. Me llamo Macarena, yo conocía bastante bien a Donna… En realidad, era la única que sabía sobre su doble vida, era estricta con respecto a mantener la privacidad de su vida familiar… Fuimos amigas desde los quince años y hoy me enteré de su muerte, ya que vivo a solo una calle de su casa. Pasé temprano por allá hace unos días, pero al notar que había regresado su esposo, preferí deshacer mis pasos, ya que no vi algo inusual.

—¿Crees que su esposo tenía algún conocimiento sobre esta vida?

—No, no tenía idea, detective… No creo que sea culpable de su muerte. Por lo demás, leí en la prensa que también lo mataron.

—Así es. Hmm… ¿Qué me dices de algún cliente? —Comencé a ponerme algo nerviosa por el matiz que tomaba el caso—. ¿Crees que tendría problemas con uno?

—La verdad es que sí, detective. Un joven de ojos verdes la visitó muchas veces… de hecho, sabía sobre su familia y el estilo de vida que ella mantenía en secreto, sé que la amenazó un par de veces… Un mes atrás me contó que estaba cansada de él… Andrés, se llama. La siguió a casa una mañana, eso la asustó. Sabía que debía ser precavida, pero el chico durmió aquella noche fuera del club y la siguió, solo se percató de su presencia cuando lo descubrió oculto entre los rosales del jardín.

—¿Y qué ocurrió?

—Nada, detective. Ella no sabía qué hacer y, la verdad, yo tampoco. La tranquilicé como pude, pero fue la última vez que hablamos sobre él.

—¿Recuerdas al chico? ¿Podrías describirlo?

—Sí… era rubio y alto, con ojos verdes… pero hace semanas que no viene.

Le agradecí a Macarena por la información y abandoné el club, para regresar a mi despacho con las fotografías y la nueva tarjeta.

Al analizar los documentos del señor Smith, descubrí que viajaba mucho y conservaba los datos de los negocios con que ocultaba el lavado de dinero en diferentes países, sobre todo en Malta, lugar que visitaba con frecuencia.

Capítulo 3

Esperaba que el día transcurriera con tranquilidad en aquella ocasión; sin embargo, apenas llegué a la oficina el equipo me interceptó:

—Debemos ir a Watford, han reportado una situación irregular.

—Cuéntame lo que sepas en el camino, Jacky. Sin siquiera entrar, deshice mis pasos y subimos al auto.

—Esto es lo que sabemos hasta ahora, July: este hombre, William Black, fue acusado de secuestro hace algún tiempo, pero durante el juicio lo declararon inocente.

—¿Cómo fue posible?

—No es importante ahora, pero también me sorprendió. Como imaginarás, muchas personas quedaron furiosas con la decisión del juez. Los vecinos aseguran que no salía de su departamento, compraba los víveres con despacho a domicilio, así que muy pocas personas lo vieron desde que se cerró su proceso.

—¿Y qué ocurrió?

—Una de las vecinas con quienes conversamos asegura que no ha visto a nadie entrar ni salir en al menos tres semanas.

—¿Huyó de allí? O se mudó, quizá.

—Eso creyó ella al principio, pero llamó hoy para denunciar un fuerte mal olor proveniente del departamento.

Un escalofrío me recorrió.

—¿Crees que se haya suicidado, Jacky?

—Es posible, pero no quiero armar ninguna teoría hasta que revisemos la escena.

Permanecimos en silencio el resto del camino. Apenas arribamos a la dirección, noté la tensión en el aire. Con disimulo, algunos vecinos se asomaron por las puertas entreabiertas en cuanto nos sintieron llegar, mientras otros esperaron con desparpajo en el pasillo, a pesar de pedirles que se apartaran.

Llamamos a la puerta tres veces, intentado mantener la calma, pero en verdad se apreciaba un olor pestilente. Al ver que nadie contestaba, ordené al equipo que derribara la puerta.

El hedor aumentó de forma considerable. Los vecinos más curiosos se alejaron, espantados no solo por el repugnante vapor, sino también por el inconfundible halo de la muerte que llenaba el departamento.

La sala de estar y la cocina lucían en orden, pero el panorama cambió al entrar a la habitación: William Black yacía muerto sobre su cama, víctima de un asesinato cruel. Había signos de tortura en su cuerpo, parecía haber luchado con todas sus fuerzas para mantenerse con vida, según revelaban las marcas de forcejeo en su pie izquierdo y su mano derecha, aún atados en la cama. Estaba decapitado, pero sabíamos que era él.

Antes, en la entrada, me preocupé de verificar que la cerradura no tenía signos de haber sido forzada. Además, la ventana del departamento no era de fácil acceso, eso solo podía significar que quizá la víctima conocía al culpable. En cualquier caso, debíamos averiguar cómo había entrado. Sabíamos que había mucha gente pidiendo la cabeza de Black, pero ¿quién la obtuvo?

Cercamos la entrada del departamento y ordenamos a los vecinos regresar a sus casas, mientras el equipo se desplegaba para levantar toda la evidencia posible.

Descubrí una huella de zapato cerca de la cama, así que comencé a traspasarla para llevarla al laboratorio. Además, podía apreciarse la marca, eso ya era una pista relevante.

Di las órdenes relevantes al equipo para que continuaran recolectando lo que encontraran y salí con la huella del zapato. Una vez en la oficina, no tardé mucho en descubrir que la marca correspondía a una tienda donde fabricaban calzado a medida, por eso la impresión que obtuve en la escena del crimen no tenía número como cualquier otro zapato.

Le pedí a J. que me acompañara a la tienda; era pequeña, ubicada en una calle poco amistosa de Londres. La atendía un sujeto tosco y de mal aspecto que no se mostró amistoso cuando nos vio llegar, menos aún al saber que éramos detectives.

J. se encargó de registrar la tienda mientras yo interrogaba al dependiente. Aunque de mala gana, respondió todas mis preguntas, pero no me proporcionó información que pudiera ser relevante para identificar al comprador del zapato. Comprobé con mis ojos que los registros que guardaba de los pares fabricados a medida eran caóticos, contenían solo el número y los centímetros del pie del dueño, sin información sobre sus identidades. Me aseguró, y fue lo que vi en los registros, que eran tan escasos los clientes que tenía, que le resultaba innecesario pedir datos personales para ponerse a trabajar, solo exigía el pago por adelantado.

Tomé fotografías de las páginas con las medidas de pie, por si nos servían de algo, y subimos al auto de nuevo. J. me dejó en el departamento de la víctima, mientras él regresaba a la oficina.

El equipo comenzaba a retirarse del departamento, pero decidí inspeccionar una vez más. La habitación había sido registrada a profundidad, pero no así el resto del domicilio, pues lucía imperturbable. Sin embargo, mi instinto me dijo que podía haber algo más, así que comencé a levantar todo lo que encontraba a mi paso; abrí las pocas revistas que vi y hurgué en todas las gavetas que salían a mi paso. Hasta que me topé con una tarjeta del Gato muy bien escondida, como si quisiera que solo yo la encontrara.

Querida detective:
Ten cuidado con aquellos en quienes confías pueden ser los que primero te apuñalen por la espalda.

Don Gato

Salí con la tarjeta en la mano y regresé a la oficina. Era tarde, pero casi todos permanecían allí. Solicité a nuestro equipo de informática un acceso a la *deep web*, donde navegué en busca de alguna página que tuviera en venta la cabeza de la víctima. Sabía que mucha gente vendía y compraba toda clase de artículos ahí, así que insistí hasta que di con un hombre que exhibía la cabeza bajo el título de *The beheaded of Watford por Don Gato*. La imagen casi me hizo vomitar.

Con la ayuda de nuestro equipo, realizamos la compra y acordamos la entrega para aquella misma noche, no teníamos tiempo que perder.

Nos dirigimos a la calle designada para la entrega en un auto particular, tras confirmar que diferentes patrullas encubiertas esperaban en puntos específicos. Nos interesaba atrapar al vendedor, era posible que pudiera guiarnos hasta el asesino, si acaso no era la misma persona.

En el lugar acordado, bajé del auto y esperé durante diez minutos, hasta que un hombre apareció caminando desde una calle aledaña. Llevaba una bolsa grande en la espalda, parecía pesada.

Apenas estuvo a diez pasos de mí, fue sorprendido por cinco hombres armados que apuntaban a su sien. Cayó de rodillas y levantó las manos, mientras yo acortaba el espacio que nos separaba. Mientras lo esposaba, solo pregunté:

—¿De dónde sacaste la cabeza?

Impertérrito, se limitó a guardar silencio y entrar a la patrulla que le indicaban.

Aquella noche permaneció en el calabozo y al día siguiente el equipo se presentó en la oficina más temprano que de costumbre, ansiosos por saber si teníamos al asesino.

Después de un largo interrogatorio, concluimos que el hombre, a quien identificamos como Thomas, había recibido la llamada de un desconocido, quien le pidió que fuera al edificio de Watford donde vivía la víctima para recoger una bolsa y venderla en la *deep web*. Thomas no dudó, pues a eso se dedicaba: comerciaba armas, partes del cuerpo y otros elementos ilegales a través de Internet. Aquello me estremeció. No era el culpable que buscábamos, pero tampoco podía quedar libre.

—Pasarás largo tiempo aquí, así que vete acostumbrando —dije al llevarlo de vuelta a la celda.

Comencé a reflexionar sobre el caso, eso siempre me ocurría cuando me sentía estancada. Recordé que los expertos en psicología criminal creen que a los asesinos en serie y otros malhechores los motiva la búsqueda de la satisfacción psicológica, algo que solo logran al consumar actos brutales. Para esas personas, los peores actos son como drogas; de alguna manera, les resultan adictivos. Por ejemplo, si un asesino obtiene placer por la muerte que le provoca a alguien, es posible que experimente la necesidad de repetirla para obtener la misma satisfacción.

Agotados por todas las emociones de aquellas cuarenta y ocho horas, J. y yo aprovechamos el resto de la tarde para conversar sobre nuestros grupos musicales favoritos y las cosas que nos gustaría realizar juntos, no había más que pudiéramos hacer aquel día y, para ser sincera, necesitábamos un descanso.

Al notar que eran las cinco treinta de la tarde me levanté del suelo con su ayuda, y tomé mi abrigo y mi cartera.

Caminamos hasta el estacionamiento, mis pensamientos estaban perdidos en todo lo que habíamos compartido aquella tarde. En ocasiones así, no albergaba dudas de que anhelaba estar con él y formar una familia, por más miedo que esa idea me inspirara. En ocasiones, sin embargo, era inevitable recordar sus insinuaciones sobre los motivos que me habían llevado a elegir la carrera que desempeñaba, aunque luchaba por alejar de mi mente aquellos pensamientos.

Mis ojos se dirigieron a J., tipeaba algo en su celular. Fruncí el ceño ligeramente, por aquellos días pasaba mucho tiempo escribiendo, no estaba segura de si tomaba notas o hablaba con alguien.

De pronto, mis pensamientos fueron interrumpidos por algo atascado en el parabrisas del auto. Abrí mucho los ojos y le indiqué a J. que no subiera, solo nos acercamos con lentitud. El mundo me cayó a los pies: era una tarjeta similar a las que dejaba el Gato.

Sin demora, tomé mi teléfono y le marqué a Jacky, quien contestó al segundo tono.

—Lo siento, la recepción en la morgue es nula…

—Jacky, necesito que bajes con tu equipo al estacionamiento, encontré otra tarjeta. Avísale a Mareen que llame a la policía, y a Ron, necesito que revisen las cámaras.

J. y yo retrocedimos y esperamos que el equipo de bombas de la policía llegara para inspeccionar el auto. En cuando estuvimos seguros de que no había peligro, Jacky retiró la tarjeta y me la mostró antes de guardarla:

Querida detective:

Tantos años sin verla desde aquel fatídico día. Espero le haya gustado mi regalo, llevo dos años planeándolo y tengo más preparados.

Atte.:
Don Gato

Me quedé de piedra al pensar que el culpable me conocía. Mi mente, incapaz de permanecer quieta, comenzó a buscar entre todos los rostros que había visto durante aquellos años en el cargo, las investigaciones resueltas y los culpables desenmascarados. ¿Alguno de ellos, quizá, era el criminal a quien buscábamos? No tenía la menor idea, solo miré a la asustada Jacky.

—Vamos a salir de esta. ¿Dónde está Ron? Necesito ver la…

—¡Directora, estoy aquí! Alguien apagó las cámaras desde el exterior del edificio, nos han hackeado. Estoy tratando de buscar o rastrear la dirección IP, pero es muy bueno escondiéndose. —Su voz sonaba algo asustada, quizá pensó que lo despediría.

—No te preocupes, pronto lo atraparemos.

Concluida la inspección, la policía aseguró que el auto estaba libre de bombas o cualquier otro peligro; sin embargo, preferí que me llevaran a casa para mayor seguridad. Con respecto al equipo, antes de subirme al coche de policía junto a J., ordené que trabajaran desde casa por el resto de la tarde, mientras era registrado el edificio.

Cuando tratamos de salir, fuimos sorprendidos por una horda de reporteros que bloqueaban el camino del auto. Me bajé para responder algunas de sus preguntas, pero solo recibí ataques:

—Detective, ¿está segura de lo que hace?

—¿Hasta cuándo seguirán los asesinatos?

—¿Está capacitada para hacer su trabajo?

Intenté calmar los ánimos, hasta que vi la fotocopia de una de las tarjetas del Gato en manos de un periodista. Blanca como el papel, subí al auto y ordené a los policías de la entrada que apartaran a la turba para que pudiéramos pasar. Durante todo el camino, no pude evitar darle vueltas a lo ocurrido. ¿Cómo llegó aquella foto de la tarjeta a la prensa? ¿Acaso había un traidor en el equipo? ¿O el propio asesino la envió a los medios de comunicación?

Una vez en casa, mi mente estaba tan agotada que lo único que necesitaba era una ducha y comer. Talía preparaba la cena, así que subimos a bañarnos.

El cuerpo escultural de J. me hizo babear. A pesar de haber tenido algunas parejas, ningún chico se ejercitaba como él. Lo consideraba el mejor de los novios, se preocupaba por mí y cada vez que estaba triste, permanecía a mi lado para hacerme sonreír. No era perfecto, lo sabía, a veces sentía que se presentaba en cada lugar al que yo iba, incluso cuando no esperaba verlo, pero atribuía aquello al amor que sentía por mí y a los largos años que pasamos separados.

Nos metimos a la ducha juntos. Estaba tan cansada que solo dejé caer el agua sobre mi cabeza, mientras él lavaba mi cabello con champú. Se sentía bien que alguien se preocupara tanto por mí, en especial tratándose de la persona amada. Aunque había recibido cariño durante aquellos años, no se comparaba con la intimidad que compartíamos.

Mientras nos vestíamos, fui consciente de la llamada que recibimos de María y Derek nada más llegar a la casa: tenían negocios en Francia y querían pasar unos días en la ciudad del amor, así que J. y yo estaríamos casi solos durante esa semana.

Talía subió la cena a mi habitación y la sirvió sobre la mesa de centro.

En cuanto estuvimos solos, J. me miró con sorna.

—¡Mis padres te miman mucho!

Me limité a sonreír, satisfecha. Se sentó a mi lado en el sofá y comenzamos a comer mientras veíamos *La Bella y la Bestia*.

—No me miman, hicieron esto para los dos. Sabían que volverías, pero no creo que pensaran que querrías casarte conmigo; al menos, no al principio. Además, te guardaron un clóset y una cama, la idea era para que compartiéramos habitación, pero decidiste quedarte otro año en Alemania, así que saqué tu cama, puse una tele y usé tu clóset.

Me miró fijo.

—¿Estás herida porque me quedé un año más en Alemania?

—Al principio lo estaba, J., pero sabía que había cosas que aún no terminabas allá. Ahora solo agradezco que estés aquí.

Me abrazó y permanecimos de ese modo durante toda la película, dándonos besos. Al perder el interés, decidimos ir a la cama, donde me abrazó luego de darme un beso en la mejilla. Sin embargo, me di vuelta y comencé a besarlo con pasión, nunca habíamos estado de aquella manera. Por fin era suya y él mío, después de tantos años.

Capítulo 4

Tras dos semanas trabajando en el caso, tomé la decisión de entregar los cuerpos. Al día siguiente serían los funerales, me pareció que merecían descansar en paz. Además, faltaban dos semanas para que se cumpliera un mes desde que J. había regresado de Alemania, y dos meses para nuestra boda. Queríamos hacerla en París, María y Derek se encargaban de los preparativos en Francia, pero esto no lo supe hasta la mañana en que decidí entregar los cuerpos. Sí, habían viajado por negocios, pero también a organizar nuestra boda, según me dijo Derek en una llamada esa mañana, así que permanecieron allá otras dos semanas. Sí, eran grandes padres y suegros divinos.

La puerta de mi despacho se abrió sin previo aviso. Era Mareen y lucía cansada a pesar de sus veinticinco años, pero imaginé que Dilan se había enfermado; además, era madre soltera.

—¡La prensa está aquí!

Se disponía a salir de la oficina, pero la detuve:

—¡Hey, Mareen! ¿Por qué no vas a casa con tu pequeño? Tómate el día.

—¿En serio? —No esperó una respuesta—. ¡Gracias!

Sin dudarlo, abandonó la oficina, recogió sus pertenencias y se fue a casa, mientras yo terminaba de arreglarme para dar la declaración que el clima había retrasado desde hacía semanas.

De pie frente al podio, me percaté de que había muchos representantes de la prensa, así que me dispuse a llamar su atención.

—¡Hola, buenos días! Soy la detective Juliana Anderson, bienvenidos… Dos semanas atrás nos tocó la impactante noticia de que una pareja fue asesinada en pleno centro de Londres, en uno de los barrios más tranquilos de la ciudad. Sabemos que están asustados. No hemos podido encontrar al asesino, pero hacemos todo lo posible por lograrlo, mi equipo y yo trabajamos día y noche para dar con su paradero. ¡Muchas gracias!

En medio de la algarabía que se produjo, una voz se alzó cuando me disponía a alejarme.

—¿Qué nos puede decir de la tarjeta encontrada en su auto?

—¿Per… perdona? —Escruté hacia el periodista, representaba a uno de los más prestigiosos diarios de la ciudad.

—Así es, detective, ¿qué opina de la tarjeta que hallaron en su auto algunos días atrás?

—No sé quién le proporcionó esa información, pero le aseguro que…

—¿Es cierto que el culpable se hace llamar Don Gato? —me interrumpió—. ¿Cree que estamos frente a un maniaco o un asesino en serie?

—Nada de lo que hemos encontrado indica el móvil, aún estamos intentando…

—¿Es cierto que planea su boda mientras trabaja en esta investigación?

Aquella pregunta me descolocó. Estuve a punto de decir algo, pero decidí callarme a tiempo y solo me dirigí con paso firme hacia mi despacho, a medida que los representantes de los medios gritaban mi nombre para formular más preguntas.

Era cerca de la una de la tarde y moría de hambre. No había visto a J. en toda la mañana, desde que me dejara en la oficina, así que marqué su teléfono, pero me arrojó al buzón. Imaginé que se estaría encargando de alguna de las actividades que quedaban por hacer para continuar la investigación.

Necesitaba tomar un poco de aire, no esperaba un bombardeo como aquel por parte de la prensa; además, tampoco entendía cómo habían descubierto la información sobre la tarjeta, si decidimos mantenerla en secreto, menos aún cómo tuvieron conocimiento de mi compromiso y cercano matrimonio.

Abrumada por aquellos pensamientos, decidí colocarme el abrigo y guardar el celular en el bolsillo. Caminaría hasta Tesco por un sándwich de jamón y queso para calmar el hambre; por suerte el local quedaba a menos de una cuadra de la oficina. Al entrar saludé a Paul, llevaba trabajando en la caja desde que tengo memoria.

Recorrí el pasillo de los sándwiches, agarré tres y una bebida. Una vez en la caja, Paul me sonrió.

—¡Feliz cumpleaños! —Hacía mucho no me veía.

Recordé que era mi cumpleaños, ni siquiera Jacky me había felicitado. Paul tenía razón, desde el regreso de J. que no salía a caminar o comprar, él me protegía mucho y yo comprendía sus razones, nos causaban un poco de miedo los mensajes del Gato. Sin embargo, durante un instante me pregunté si exagerábamos.

Finalizada mi compra, me dispuse a caminar de vuelta a la oficina. A pesar de que el día iba a la mitad, me faltaban ganas de trabajar. No obstante, mientras entraba al despacho, recibí una llamada de J.

—Cariño, ¿dónde estás? Ha surgido otro caso, estoy en tu oficina, debemos irnos ya a…

A punto de salir por la puerta, me vio llegar con la bolsa de Tesco y mi celular en la mano.

—¡Cariño! Afuera está el auto, debemos irnos.

Lo seguí sin hacer más preguntas, Jacky salió detrás de nosotros con el equipo forense, conformado por Tommy, Eliot y James.

Una vez en la camioneta, J. me puso al tanto de lo ocurrido:

—Regresé a tu oficina cuando terminaste la entrevista, pero como no te vi, comencé a llamarte hasta que el celular de la oficina sonó… En fin, encontraron a una mujer asesinada en la puerta de su casa, su nombre es Mónica Blossom. Peluquera, nacida en Manchester, madre de un chico de dieciséis años.

De pronto, aparcamos frente a una hermosa casa con un jardín muy verde. La policía, armada con la característica cinta que impedía el paso, resaltaba en la escena. Al sobrepasar el perímetro, vi a una mujer de unos treinta y cinco años muerta en el frontis de la casa.

Sin previo aviso, oímos un fuerte estruendo proveniente desde el interior; al parecer, la policía no se había percatado de que un adolescente de dieciséis años permanecía ahí. Imaginé que se distraía con videojuegos en su habitación, sin darse cuenta de la situación, hasta que vio a su madre en el suelo a través de la puerta de calle, que permanecía abierta debido a la afluencia de funcionarios que pululaban.

Jacky gritó que fuera a ver al chico, así que me armé de valor para entrar. Permanecía sentado en la escalera, envuelto en llanto. Lo abracé mientras prometía que encontraría al culpable y le haría pagar por lo que había hecho a su madre. Como estaba hecho pedazos, demoró en calmarse y entender lo que ocurría.

Algunos minutos más tarde, le pregunté si tenía parientes en algún lugar.

—Mi… mi abuela está en Manchester… junto con toda mi familia.

—Comprendo. Sube a tu habitación y empaca lo que quieras llevarte, viajaremos juntos a Manchester.

Sin responder, subió a organizar sus pertenencias. Solo cuando se alejó noté que J. me miraba y sonreía, así que le correspondí con el mismo gesto.

—¿Qué te sucede?

Como no respondió, me dispuse a recorrer la casa. Era acogedora y pequeña, a pesar de sus dos pisos. La sala de estar se ubicaba junto a la cocina y la escalera, mientras que en el piso de arriba había solo dos habitaciones estrechas.

Hurgando en todos los rincones, me percaté de que el chico conservaba en su habitación una pieza muy interesante: una placa de policía muy similar a la mía. ¿Qué hacía con ella? A punto de acercarme más, fui interrumpida por su voz calmada.

—Estoy listo para irme, detective.

Llamé a un policía para que lo ayudara a bajar su equipaje y meterlo en el auto. En cuanto estuvo listo, salimos por la puerta donde minutos antes yacía su madre. Desconsolado, siguió su camino y subió al vehículo, seguido de J.

Aguardé algunos minutos afuera, esperando que el chico se distrajera. En cuanto lo vi apoyar la cabeza en el asiento, subí con rapidez a la habitación, tomé la placa con un guante, la guardé en una bolsa y la metí en mi bolsillo, antes de salir de forma disimulada.

Subí al auto y cerré la puerta.

—¿Adónde vamos, detective? —preguntó el chófer.

—A Manchester, Luis.

—Enseguida, señorita.

Durante el camino miré a través de la ventana sin dejar de abrazar a aquel niño que dormía con tranquilidad en mis brazos.

El Gato había dejado una pista. No tenía idea de cómo lo logró, pero solo yo me percaté de aquella placa. Era algo que nos conectaba.

Las tres horas con cincuenta y cuatro minutos de trayecto resultaron eternas para mí. Llegamos a Manchester a las seis con cuarenta minutos de la tarde y aparcamos frente a una casa de piedra muy bonita, con un jardín pequeño repleto de flores.

Apenas apagamos el motor del auto, una mujer se fijó en nosotros. Salió corriendo de la casa, pero en cuanto reparó en mi rostro, su expresión cambió de la felicidad a la tristeza. Mientras J., Luis y el muchacho descargaban el equipaje, le pedí que entráramos para hablar.

El interior de la vivienda era ocupado por cinco personas. La mujer era abuela de Nelson, el chico. Me contó que su hija, la víctima, anhelaba formar un nuevo hogar y ahorrar para la universidad de Nelson, así que se mudó a Londres en busca de nuevas oportunidades. En cuanto la anciana comenzó a llorar, la abracé y le aseguré que encontraríamos al culpable, esa fue mi promesa.

Conversamos largo rato con la familia. Ninguno de ellos había tenido contacto con Mónica en los últimos días; en realidad, no hablaban mucho, pero aseguraron que ella siempre se mostraba alegre y optimista sobre su vida en Londres. Tomé sus datos de contacto por si necesitaba conversar más con ellos, y les extendí mi tarjeta por si recordaban algo inusual que hubiera ocurrido durante los últimos días.

Apenas estuvo instalado, me despedí de Nelson y le insistí en que me llamara si tenía alguna información que nos pudiera servir.

De nuevo en el auto, le pedí a Luis que manejara a casa. Asintió en silencio.

J. me abrazó todo el camino. Me sentía derrotada, solo sus brazos eran mi refugio.

Desperté cuando cruzábamos la entrada de Londres. El chófer nos dejó en la puerta de la casa antes de alejarse con lentitud. Al entrar, escuché un "¡Sorpresa!". Había estado tan ocupada con las investigaciones que durante la tarde olvidé que era mi cumpleaños. A pesar de eso, ahí estaban mis amigas, mis suegros y los amigos de la familia. Había globos por todas partes. Debo admitir que la casa se veía muy bien con esa decoración, supuse que mis suegros habían regresado de París un par de horas antes para armar la hermosa sorpresa.

J. me miró.

—¿Pensaste que lo habíamos olvidado, hermosa?

Sonreí sin importar el cansancio ni todo lo que había experimentado aquel día. Comí mi pastel y bailamos un rato. El momento que más amé fue cuando J. me entregó una caja rosada del tamaño de mi mano, donde había un colgante con las iniciales de ambos, junto a una frase que hasta ahora resuena en mi cabeza: "Te encontré sin buscarte y me enamoré de ti perdidamente". Esa noche nos fuimos a la cama sin decir una palabra, solo nos abrazamos. El hombre que dormía cada noche a mi lado me hacía la persona más feliz del mundo.

En aquella ocasión, desperté a las cuatro de la madrugada debido a unas náuseas horribles, hacía algunos días que experimentaba malestares, pero ese tipo de molestias y el dolor en la espalda baja se los atribuía al cansancio del trabajo. Aquella madrugada J. se levantó de la cama al sentirme vomitar en el baño y llamó a Derek y María a viva voz.

En cuanto entraron sus padres, se sorprendieron al verlo sujetándome el cabello, aunque lo peor había pasado. Un poco más repuesta, le conté a María mis síntomas. Ella se limitó a decir que llamaría al doctor durante la mañana, pero no entendí por qué abandonó la habitación con una radiante expresión de felicidad.

Algunas horas después, el sábado en la mañana, nos visitó el doctor Andrew. Comenzó a revisarme mientras J. lo miraba de reojo. Conocíamos a Andrew desde hacía mucho, era cuatro años mayor que nosotros y jugábamos juntos cuando éramos niños. Desde que obtuvo el título de doctor, se convirtió en médico de la familia.

Me sorprendió cuando recibí de sus manos una prueba de embarazo. Miré a J., desconcertada, una expresión de felicidad cruzaba su rostro.

Un poco insegura, entré al baño y realicé la prueba. Esperé con mucha ansiedad los largos segundos mientras se revelaba el resultado y, cuando vi el positivo, me invadieron un sinfín de sentimientos encontrados. Aún confundida, salí del baño y le entregué la prueba a Andrew.

—¡Felicidades, estás embarazada! Reposa hoy y mañana. Evita trabajar tanto para que el bebé esté bien.

Apenas nos quedamos solos, J. saltó de alegría. Tras una corta conversación, decidimos que la boda tendría lugar después de resolver el caso y del nacimiento de nuestro hijo; sus padres estuvieron de acuerdo.

Ser madre era uno de mis sueños, aunque debo confesar que en aquel momento albergué algunas dudas. No solo me preocupaba el futuro de mi carrera, sino que seguí intimidada por las tarjetas y las referencias a mí en ellas. Durante un instante, sentí que mi bebé no estaría seguro.

J. adivinó mis pensamientos y ayudó a que me sintiera mejor, así que aquel día nos dedicamos a ver películas y llamar a mis amigas; además, subí una historia con él, acompañada de la frase "Esperándote con amor". Luego de eso, me acarició el cabello hasta que me quedé dormida.

Desperté cuando Talía me llevó la merienda. Aproveché de preguntarle dónde estaba J., pero no respondió. Por algún motivo que nunca entendí, no le gustaba hablar con los habitantes de la casa, aunque cumplía su trabajo con diligencia.

Mientras disfrutaba mi merienda, J. entró a la habitación junto a Derek y María.

—¿Cómo te sientes, cariño?

—Cansada, pero bien. Tendré que acostumbrarme… Derek, estuve pensando que sería mejor permitir que J. tenga mayor protagonismo en el caso que estamos resolviendo… ¡No, no, déjame terminar! —Agité mis manos para detenerlo, pues vi en su mirada la intención de pedirme que no pensara en el trabajo—. Yo me quedaré más tiempo en la oficina por el papeleo, quiero seguir ojeando nuestros archivos en busca de algún caso similar o un patrón que nos lleve hacia el culpable.

—Me parece bien, pero deberías dedicarte solo a descansar, no es bueno para el bebé que…

—¡El embarazo es muy reciente aún! No te preocupes, trataré de moderar mis horas de trabajo, pero no puedo estar nueve meses descansando sin un verdadero motivo para hacerlo.

Asintió. Con el cariño que los caracterizaba, se acostaron a mi lado para seguir disfrutando de las películas. Vimos *Bambi* y otros clásicos de Disney, eran mis favoritas, pues ayudaban a olvidar la tensión a la que me exponía a diario.

A pesar de estar más tranquila, no pude evitar notar que María me dirigía atentas miradas cada cierto tiempo. Supuse que, como mi madre me había abandonado, estaba muy preocupada por mí.

Capítulo 5

¡Anhelado lunes! Jamás pensé que lo diría, pero luego de aquel fin de semana que significó un giro en mi vida personal, lo único que deseaba era volver a la oficina para conocer el avance de la investigación. Habían transcurrido dos semanas desde que recibimos la noticia y cada fin de semana me sorprendía a mí misma esperando la llegada del lunes.

Nada más llegar a la oficina, nos reunimos en la sala de juntas.

Jacky comenzó su reporte.

—Bueno, tras estudiar el cuerpo con el equipo forense, nos dimos cuenta de que el asesino usó una nueve milímetros con silenciador. Además, dejó una tarjeta con este mensaje: "Espero os guste este regalo, detectives. Atentamente, Don Gato". Sin embargo, esta vez cometió un error al dejar una huella de su zapato, así que comenzamos la búsqueda en zapaterías que fabrican ese modelo. Encontramos veinte establecimientos en la ciudad y nos dedicamos a llamar. Por desgracia, en todas indicaron que fabricaban zapatos como los utilizados por el asesino, pero no llevan el inventario de las ventas realizadas en efectivo. Interrogamos a las personas que efectuaron compras recientes con tarjeta, pero ninguna resultó sospechosa. Así que estamos en las mismas.

Culminado su reporte, Jacky cedió el espacio a Mareen para que compartiera los resultados de su investigación. Antes de comenzar, entregó a cada uno una carpeta.

—Aquí están los movimientos de las tarjetas del señor Smith. La mayor parte de su dinero iba a una cuenta a nombre de su hijo, mientras que la otra al pago de alquiler. Sin embargo, los fondos del lavado de dinero eran distribuidos en varios países, pero aún no detectamos patrones de movimientos realizados a destinatarios frecuentes o algo que pudiera guiarnos hasta el culpable. Sabemos, gracias a la investigación de July, que la señora Smith se relacionaba con los hombres que frecuentaban el club donde trabajaba en secreto, pero aún no hemos identificado al joven descrito por su amiga. Sin embargo, tenemos su retrato hablado.

»Con respecto a Mónica Blossom, trabajaba en una peluquería, sus clientas aseguraron que se comportó con normalidad el día del asesinato, solo mencionó que quería pasar el fin de semana con su familia, ya que la extrañaba. Creemos que está limpia.

Sabía que era mi trabajo investigar aquello por mi cuenta, no era posible que faltara algo que conectara a Mónica con el Gato, algo debía existir.

—Gracias, chicas. Cualquier novedad, por favor me avisan.

Abandoné la sala en dirección a mi oficina, mientras J. me seguía:

—¡Amor, no hagas movimientos tan bruscos!

A pesar de que tenía un mes de embarazo, me cuidaba como si fuera de cristal. Me causaba ternura que J. se preocupara tanto por mí, pero resultaba incómodo que se comportara de aquella forma en la oficina, pues sentía que todos nos miraban. Confiaba en mi equipo y me encantaba compartir momentos informales con todos; sin embargo, consideraba inadecuado, incluso una merma para mi autoridad, que mi pareja recorriera la oficina indicándome cómo debía comportarme y moverme.

Seguí pensando en Mónica. Decidí asumir ese camino para investigar más a fondo su vida, así que me dirigí a casa de una de sus colegas.

La vivienda era muy hermosa. La construcción de ladrillo poseía grandes ventanales que debían permitir la entrada de mucha luz. Toqué la puerta, pero nadie atendió. Luego de un rato, desistí.

La espalda me dolía bastante, aunque eso no era excusa para abandonar la investigación, así que conduje hacia la peluquería, que seguía abierta. Empujé la puerta y me encontré con varias chicas trabajando, vestían playeras negras y *jeans* ajustados. Esperé mi turno, era imprescindible que hablara con Daria, la chica a quien había ido a buscar a su casa. Me llamó la atención que luciera nerviosa y algo torpe con sus manos.

Apenas llegó mi turno, me senté en una de las sillas rosadas, donde le pedí que me cortara las puntas mientras le mostraba la placa. Me pidió con disimulo que la viera en otro lugar a una hora exacta, un Café Costa que quedaba a dos cuadras. Pagué mi corte y me dirigí al lugar para esperarla.

La chica llegó puntual. Supuse que no quería ser reconocida, pues usaba abrigo, sombrero y lentes oscuros, como un personaje de cine o sacado de algún libro. Sherlock habría estado feliz de atenderla, pero me resultaba incómoda su presencia con aquella vestimenta. ¿De quién se ocultaba? ¿Por qué quería parecer misteriosa?

Al sentarse y saludar, aumentó el misterio con su bajo tono de voz, sumado a las miradas que echaba a los lados. Le pregunté sobre Mónica y su estilo de vida, le pedí que me contara todo lo que pudiera sobre ella. Así descubrí que la difunta tenía problemas de droga, en el pasado se había atrasado con los pagos de lo que consumía. Además, una semana antes protagonizó una pelea con un cliente, un chico alto a quien Daria no recordaba muy bien; tampoco conocía el motivo de la discusión.

—Directora… el Gato me dio un mensaje para usted.

—¿Qué… qué has dicho?

—Estoy muy asustada. —Sus ojos se llenaron de lágrimas—. Contesté una llamada en casa esta mañana… era él. Su voz era ronca… dijo que usted vendría a mi casa por ser la mejor amiga de Mónica, no supe qué contestar… Me pidió que le entregara este bolso oscuro y este mensaje.

Extendió un papel doblado y me pasó el bolso. No esperó una respuesta de mi parte, se levantó de un salto y abandonó el café sin demora, observando a todos lados.

Me quedé helada, sin saber cómo actuar. Tomé aquellas cosas y me subí al auto, dominada por los nervios. Regresé a la oficina y me dirigí de inmediato hacia el departamento forense, donde nos dispusimos a abrir el paquete. Antes, por supuesto, convocamos a los expertos, temerosos de que se tratara de una bomba; sin embargo, el contenido era más maquiavélico.

Al abrir el bolso encontramos una calavera con un *post-it* adherido.

Hola, princesa.

Soy papi.

Desplegué el papel amarillo que me había entregado Daria:

Hola, detective:

Se preguntará por qué le dejé hace un tiempo la placa de su padre, ahora le entrego su cabeza. Usted y yo tenemos una historia, detective, y me sorprende que aún no sepa quién soy. Usted es inteligente, busque en su pasado y me encontrará.

Atte.:
Don Gato

Miré a mi equipo, desconcertada por aquella entrega. Les pedí que buscaran en el cráneo alguna pista o huella, quizá el culpable había dejado algo que nos ayudara a identificarlo; sin embargo, pronto descubrimos que era cauteloso.

Mientras se realizaban las pruebas al cráneo, llamé a la policía y pedí que revisaran los restos de mi padre en el cementerio. No me sorprendió el resultado: la tumba estaba intacta, así que debíamos trabajar en identificar al dueño de la cabeza.

Por aquellos días, aún no había pensado en un nombre para el bebé. Durante los controles, la doctora insistía en que lo hiciera, pero decidí no ponerle nombre ni saber el sexo hasta que estuviera en mis brazos. Aunque estaba en la oficina y debía concentrarme en la investigación, no dejaba de preguntarme cuál sería mi personalidad como madre. Sin embargo, ponía todo mi esfuerzo en sacudir esos pensamientos, necesitaba cerrar el caso, descubrir quién era el asesino. Algo en mí sabía que se avecinada una gran investigación y que, al culminarla, no habría otros, pues temía correr peligro, este oficio los tiene.

Aquella mañana, me dediqué a preparar un nuevo discurso para la prensa. No sabía muy bien qué informar, llevábamos tres muertes en corto tiempo y aún no descubríamos al asesino. Además, la información sobre las tarjetas que dejaba Don Gato se había filtrado y, pese a nuestros esfuerzos por controlar aquello, el personaje comenzaba a generar una especie de culto. La mente humana es algo extraordinario; en lugar de adorar a figuras que lucharan por la igualdad de derechos o la erradicación del hambre, ¡lo que fuera!, un asesino se convertía en la sensación en Internet.

Luego de dos horas de escribir y borrar en la computadora, me resultaba difícil pensar en palabras adecuadas para aquella tarde. Me acosaba la idea de preparar mi discurso de renuncia, a pesar de que aún no sentía que hubiera tomado una decisión definitiva. Deseaba que me consideraran una de las mejores detectives de Londres, esa era una de mis ambiciones profesionales. No obstante, me asustaba pensar en el tipo de vida que tendría mi futuro hijo si continuaba en el cargo; no solo por lo demandante, sino por el contacto tan cercano a personas perturbadas como el Gato. Además, estaban las palabras de J. sobre mis motivaciones, aquella conversación que aún no olvidaba del todo... Al llegar a este punto, sacudía aquellas ideas de mi cabeza para concentrarme en el objetivo: atrapar al Gato, aunque hasta aquel momento parecía muy difícil.

A la una treinta y cinco de la tarde comencé a sentir hambre. Los antojos me hacían subir de peso, pero era imposible resistirme. Decidí que necesitaba despejar mi mente, así que me despegué de la pantalla y comencé a mirar desde la ventana de mi despacho a los niños que jugaban en el parque, era una escena muy tierna. Me dieron ganas de ir a caminar a St. James's Park, un parque que había visto cada año cambiar de estación, aunque sin visitarlo.

Avisé a Mareen que saldría durante un rato, aunque me costó persuadirla de que nada me ocurriría y que necesitaba estar sola.

Fuera de la oficina, caminé con despreocupación hasta llegar a mi destino. El parque era gigantesco, desde allí se veía el piso en que se ubicaba mi oficina y desde la cual podía observar la hermosa vista cuando trabajaba. Ocupé la tarde en visitar los diversos lugares que llaman tanto la atención de los turistas, incluido el London Eye. A pesar de vivir siempre en Londres, jamás había subido.

Pensé un par de veces si sería conveniente, pues le temo a las alturas, sin embargo, me armé de valor y lo hice. Además, tomé una foto, la publiqué en Instagram y escribí un par de historias, pero después me arrepentí y las borré pues no quería provocar los rumores de la prensa; era suficiente con que dudaran de mis capacidades de encontrar al asesino tras el anuncio de mi compromiso matrimonial.

Culminada la aventura en la noria, fui directo a un Costa Café, ya que necesitaba energía para seguir caminando. Un poco más repuesta, entré a un par de tiendas de ropa, compré algunas prendas que usar cuando subiera de peso y regresé a la oficina cargada de artículos, dos horas después.

J. estaba nervioso, me había llamado algunas veces, pero como caminaba no sentí el teléfono. Al ver su ceño fruncido, pensé que la maternidad se complicaba, pues no me dejaba ni salir a la esquina tranquila. En la puerta de mi despacho, intentando que no nos escucharan, le aseguré entre dientes que no era necesario que me cuidara de aquella forma, pues sabía valerme por mi cuenta y no había riesgo alguno en mi embarazo. Sin embargo, la conversación que siguió me dejó sorprendida.

—Me preocupo por ti, July, y por nuestro hijo, eso es inevitable.

—Lo entiendo, pero no necesito que…

—Sin embargo —interrumpió—, me preocupa más lo que estás haciendo aquí.

—¿A qué te refieres? —La confusión se dibujó en mi rostro.

—¡A esto! —Extendió los brazos a su alrededor, con la intención de abarcar la oficina—. ¡A este trabajo!

—Explícate, J., por favor. —Fruncí el ceño.

—Es decir, no quiero criticar tus procedimientos… —Miró de reojo, como si quisiera cerciorarse del público que teníamos—. Pero ¿en verdad tienes cabeza para continuar con la investigación? Si esto es lo que creo que es —señaló las bolsas que colgaban de mi mano—, me parece que deberías… dar un paso atrás y ocuparte de lo que en verdad está en tu mente.

Permanecí muda durante un instante, pero luego recordé dónde me encontraba.

—Agradezco tus observaciones, J. Por favor, regresa a tus labores.

Cerré la puerta de la oficina tras de mí y me senté con la sangre hirviendo. Respiré profundo durante algunos minutos, hasta que regresó a mi mente el hecho de que el Gato había mencionado que me conocía, así que debía buscar entre mis antiguos casos. Gracias a los archivos en mi computadora, comencé a rastrear algunos. A pesar de que llevaba solo dos años en el cargo de directora de investigaciones, era difícil no tener enemigos o ser un punto fijo de criminales, aunque antes no me lo había planteado.

Entre los archivos encontré la carpeta con el caso de mi padre. Recordé que, en aquella ocasión, llamé a declarar a un niño de dieciocho años llamado Dilan, ya que sus huellas estaban en la manguera de frenos del auto. Aseguró que había cambiado la manguera junto con su padre algunas semanas atrás, pues tenían un taller mecánico, y como lucía tan afectado como yo por lo ocurrido, decidí cerrar la investigación como muerte accidental.

Los archivos sumaban cinco casos, pero en ninguno encontré similitudes con los crímenes que investigábamos en ese momento. Esto provocó que aumentara la desesperación que sentía por cerrarlo de forma satisfactoria.

Capítulo 6

A medida que transcurrían las semanas, mis miedos eran más notorios, cada noche despertaba asustada y gritando. María había pedido al doctor que nos visitara con frecuencia, su presencia en la casa se acentuaba. Además, los celos de J. aumentaban con el paso de los días, sentía que su cerebro explotaría ante la insistencia de que abandonara el trabajo y le permitiera tener más responsabilidades en la oficina, único tema que desataba peleas entre nosotros. A esto se sumaba que mi panza de embarazada cada vez era más difícil de ocultar. Los medios hablaban sobre esto y cuestionaban mi capacidad de resolver el caso, pues debía resolver muchos puntos:

¿Quién había instalado las cámaras y cómo las jaqueó?

¿Por qué parecía obsesionado conmigo?

¿De dónde me conocía?

Estas eran mis preocupaciones principales, resultaba intrincado resolverlas. Me inquietaba en la misma medida el acceso que parecía tener la prensa a información de primera mano, como aspectos de mi vida personal o detalles sobre la investigación que acordábamos no compartir con los medios.

Desesperada por encontrar alguna pista, incluso interrogué a las personas que instalaron las cámaras de nuestras instalaciones, un hombre y su joven ayudante, pero las coartadas de ambos eran válidas. Estaba en un callejón sin salida.

Un jueves, miraba por la ventana como de costumbre, perdida en mis pensamientos. Apreciaba el London Eye desde aquella altura, una estructura enorme que siempre me acompañaba en mi trabajo, aunque solo me había subido una vez. En aquella ocasión, J. no había asomado la nariz en mi oficina en todo el día, luego de una nueva discusión aquella mañana. El plan original era que se tomaría el día para buscar un departamento al cual mudarnos, pero desconocía si seguía en pie. Él quería formar su hogar y familia en Londres, así que intentaba comprar un departamento con una habitación para el bebé. Al conversar sobre nuestro futuro, el aspecto familiar siempre me causaba ilusión, parecíamos estar de acuerdo en todo y soñábamos con ver a nuestro hijo crecer; no obstante, los problemas empezaban ante mi indecisión sobre la continuidad de mi carrera, pues aún dudaba si sería buena idea abandonarla, como J. insistía que hiciera.

Decidí irme a casa a las cinco con treinta minutos, el trayecto transcurrió sin mayores novedades. Al llegar vi que la cena estaba servida, así que aproveché para sentarme con los padres de J. y conversar sobre otros temas. Una vez más, les pregunté sobre el reciente viaje que habían hecho a Francia, donde poseían una hermosa casa de dos pisos desde la cual se apreciaba la Torre Eiffel a lo lejos. La habían comprado con mucho esfuerzo cuando eran jóvenes, era su refugio y el lugar al que acudían para renovar su relación, aunque no lo expresaran con estas palabras. De niña conocí aquella casa, la amaba, así como visitar el Louvre y un sinfín de lugares mágicos.

J. llamó para avisar que volvería a casa a las nueve en punto. Como tenía hambre, cené sin él. Aunque no mencionó cómo le había ido en la búsqueda de departamento, comencé a fantasear al respecto, mientras Derek y María se extendían en detalles sobre su viaje. A pesar de nuestras diferencias, me emocionaba la idea de vivir con él e iniciar una familia, así que me dejé llevar por la ansiedad y comencé un inventario mental sobre las pertenencias que me llevaría, quería empezar aquella misma noche a hacer las maletas.

Contaba con bastante tiempo para organizar mi guardarropa, las cosas que me llevaría y las que no, pero le pedí ayuda a Talía. Pasé el resto de la tarde y parte de la noche decidiendo las prendas que conservaría y las que regalaría a Talía, pronto se convirtieron en cinco maletas repletas de ropa, zapatos, abrigos y accesorios. Talía se mostró sumamente agradecida con todo lo que le di.

Culminada esta tarea, le pedí al chófer de la familia que la llevara a su casa, y ella me llamó para confirmar que había llegado recién cuando me acosté. Miré el reloj, eran las nueve y cuarenta y J. aún no regresaba. Intenté llamarlo a su celular, pero estaba apagado. De forma inevitable, recordé las ocasiones en que lo había visto atento a la pantalla, escribiendo sin parar, y me pregunté si acaso había algo que se me estaba escapando. Con estas inquietudes en mente, me quedé dormida.

De pronto, sentí que la puerta de la habitación se abría con lentitud. Presa del miedo, tomé mi arma y me levanté de un salto para encender la luz, mientras unos ojos azules me miraban impactados. Miré la hora otra vez, eran las once en punto. Dirigí mi mirada hacia J. y bajé el arma.

—¿Por qué llegas a esta hora?

Recibí nula respuesta, a veces no sentía que quisiera darme explicaciones.

—¿Por qué llegas a esta hora?

—Yo podría preguntarte, July, por qué duermes con tu arma tan cerca de la cama.

—Pero ¿de qué…? ¡Fuiste tú quien me sugirió que permaneciera alerta!

—Es cierto, pero ¿en la cabecera? ¿Qué hubiera sucedido si dispararas por error?

—¿Por error? ¡Por error! ¡Jamás, en toda mi carrera, he cometido un error al disparar!

—Pero ahora estabas dormida, pudo entrar alguno de mis padres y…

—J., no nos desviemos del tema. —Cerré los ojos y respiré profundo—. Dijiste que regresarías a las nueve, son las once… ¿dónde estabas?

—Amor, lo siento. Estuve todo el día buscando departamento, nos mudaremos pronto. Te encantará la vista.

Aquello me descolocó. Me quedé muda, me limité a mirarlo mientras comenzaba a desvestirse para acostarse a mi lado. Me sentí tonta, era la primera vez que experimentaba celos injustificados de aquella manera.

Más tranquila, dejé que sus brazos se aferraran a mi espalda, recordé que amaba la sensación de que estuviera a mi lado, abrazándome, y la forma en que me miraba. A sus ojos no existía nadie más que yo, no era necesario que lo dijera, yo lo sabía.

Hablar con la prensa no era lo mío, así que discutí con J. la posibilidad de que lo hiciera él, pues tenía temas más urgentes que discutir. Aún buscábamos al dueño del cráneo; además, mi instinto insistía en que siguiera las pistas del Gato, para lograrlo necesitaba respuestas rápidas, así que debía retroceder al pasado como el Gato quería.

Desperté temprano esa mañana. Tomé una taza de café y me senté frente a la computadora para buscar en los archivos de casos trabajados por mi padre que pudieran relacionarse de alguna forma con lo que ocurría; sin embargo, no tuve éxito.

Frustrada, me vestí y salí en dirección a la oficina. Me dirigí al espacio de trabajo de Jacky, quien descansaba sobre su computadora. La desperté con dos golpecitos suaves en el hombro y se sobresaltó, solo unos segundos después me miró con expresión relajada.

—En el cráneo no encontramos cabello alguno, July, ni algo que nos pueda guiar hacia el dueño. No obstante, en la placa de tu padre identificamos una huella borrosa, aunque es posible restaurarla. El equipo está trabajando en eso.

—Muchas gracias. Espero que pronto tengamos respuestas.

Capítulo 7

Transcurridos cinco meses desde el último asesinato, cierta mañana contemplaba desde mi ventana el día soleado, se podía apreciar el canto de los pájaros y a los niños riendo. Llevábamos una semana acomodándonos en nuestro nuevo departamento. Era espacioso, tenía una vista privilegiada y buena ubicación en Paddington.

Al verse solos, los padres de J. decidieron vender la casa en Londres y vivir en Francia, así que los acompañamos al aeropuerto tres días antes de la hermosa mañana que disfrutaba desde mi ventana, antes de que se convirtiera en una jornada gris.

De pronto, llegó la fatídica llamada: al otro lado de la línea escuché la voz de Derek, a María le había dado un infarto y necesitaba que voláramos a Francia. Respondí que viajaríamos esa tarde, aunque apenas soportaba la panza.

J. alistó lo indispensable en nuestros bolsos, incluido un vestido negro que había comprado por el embarazo, pues en aquellos días me sentía más gorda de lo que estaba. Una vez listos, nos abrazamos en la puerta del departamento y derramamos algunas amargas lágrimas, antes de dirigirnos al aeropuerto. En el camino noté que J. estaba triste, pero se mantuvo fuerte, mientras yo lloraba durante todo el camino.

Esperamos un poco para abordar el vuelo. Una vez en el avión, J. repetía que debía estar tranquila por el bebé; no obstante, sabíamos que eso me resultaría imposible. A pesar de ello, cerré los ojos y me quedé dormida.

Ya en casa de Derek, lo abracé y me tranquilizó. Recuerdo que fue el café más doloroso y amargo que tomé en mi vida, aunque algo me decía que no sería el último. Durante aquella conversación, con J. descubrimos que María sufría una enfermedad cardíaca diagnosticada hacía poco, pero de la cual no quisieron hablarnos para no sumar más presión que la que nos aquejaba con la investigación, la boda y el embarazo. Según contó Derek, todavía estaba acostumbrándose a la rutina de los medicamentos y sus efectos cuando tuvo el infarto, quizá influenciado por los sentimientos encontrados de abandonar Londres, y con ello a nosotros y la casa que fue suya durante largos años.

Las habitaciones de la casa en París estaban tal cual las recordaba. Al entrar a la mía, noté que encima de la cama reposaba un sobre blanco con mi nombre. Antes de decidirme a abrirlo, miré alrededor, confundida sobre cómo habría llegado aquello allí. Comencé a leer la carta, mientras mis ojos se llenaban de lágrimas.

Querida July:

Fuiste la hija que quise toda la vida. Me hiciste la mujer y madre más feliz del mundo, tu felicidad era lo único que me importaba. J. es feliz a tu lado y eso es algo maravilloso. Ámense por siempre, cásense en París.

Mi querida July, no llores por mí, te llevo en mi corazón.

J. entró a mi habitación con los ojos inundados de lágrimas y otra carta en sus manos. Al mirarme su llanto se intensificó. Confundidos, bajamos a la sala de estar para interrogar a Derek sobre aquellos mensajes. Sollozando, nos contó que los encontró en el cajón de María luego de su muerte. No sabía cuándo las habría escrito, pero sospechaba que, al enterarse de su enfermedad, se había sentido más desamparada de lo que demostró al principio, pues la madre de María también había muerto de un infarto. Él decidió entregárnoslas en persona cuando llegáramos a París.

Esa noche J. y yo sollozamos abrazados, mientras la oscuridad nos acurrucaba en su lecho.

A la mañana siguiente nos bañamos y vestimos en silencio. J. subió la cremallera de mi vestido y nos miramos a los ojos antes de pronunciar un entrecortado y largo "Te amo". El camino al cementerio lo hice aferrada a su mano, no quería soltarlo.

El cementerio de París siempre ha sido sombrío, es muy antiguo. Al entrar, un escalofrió recorrió mi espalda y me aferré aún más a J., así que Derek tomó mi mano y nos abrazamos. Percibí la voz del sacerdote como un eco lejano, a medida que bajaban con parsimonia el cuerpo sin vida de María, la mujer que me crio como su hija y me amó como una madre con amor incondicional. Aunque me vio crecer, era momento de despedirla y eso me devastaba, lo único que quería era descansar durante días, pero debíamos volver a Londres esa misma tarde.

Capítulo 8

Al día siguiente, J. me despertó a las nueve de la mañana diciendo que debíamos regresar con urgencia a la oficina. Me levanté sin demora y vestí ropa deportiva, a esas alturas del embarazo mi ropa nueva no me entraba, menos la del trabajo. Aunque la oficina quedaba a tan solo nueve cuadras, fuimos en el auto, pero antes pasamos a Tesco para comprar café y sándwiches. Moría de ganas por una dona, a pesar de que me habían pedido que cambiara mi dieta de antojos por una mejor, y J. estaba muy pesado con eso. Sin embargo, me comí una dona frente a él.

—¡Eso es trampa, debes comer saludable!

A pesar de sus palabras, el cajero se aclaró la garganta para pedir que pagara las donas, cosa que hizo refunfuñando antes de subirnos al auto.

Me resultaba chistoso molestar a J., se enojaba muy rápido y se desenojaba cada vez que yo sonreía. Sabíamos que iba a ser una de las semanas más difíciles, aún no asimilábamos la muerte de María y había mucho que hacer en la oficina, aunque jamás pensamos que tendríamos que ver y vivir algo tan duro como lo que ocurrió aquellos días.

Apenas entramos a la sala de juntas, Jacky comenzó a hablar sobre los antecedentes reunidos junto a Mareen, quien entregó las carpetas de los casos archivados hasta el momento.

A mitad de la junta, Katia entró con el teléfono en mano:

—¡Directora, es la policía! ¡Tenemos un caso en Portobello Road!

La miré y luego a mi equipo.

—¡Vamos!

A pesar de mi orden, J. me miró con decisión.

—Tú te quedas.

Un momento de tensión flotó en el aire, mientras el resto del equipo abandonaba la sala.

—Aún soy la directora y este es mi caso, así que voy. Tú puedes quedarte por si la policía vuelve a llamar con información importante —respondí con firmeza.

Caminé sin demora hasta mi oficina, tomé mi abrigo y teléfono y salí a la calle, donde un auto negro esperaba por nosotros. J. me miraba molesto desde la puerta del edificio, pero en aquel momento creí que entendía que yo debía estar presente.

Al llegar a Portobello nos detuvimos frente a una hermosa casa rosa dos pisos, con un lindo ventanal blanco, ubicada en un bello barrio londinense. La policía estaba en el lugar instalando las cintas para impedir el paso, mientras los vecinos se aglomeraban detrás de la señalética.

Entré a la vivienda cuando ya habían sacado la evidencia y los cuerpos, un niño de nueve años era una de las cuatro víctimas. El Gato era el responsable, de eso no tenía duda, no solo por el procedimiento, sino por la tarjeta que encontramos.

Comencé a llorar, afectada por el hecho de que un niño había sido asesinado. No podía permitir que el culpable se saliera con la suya, pero ¿acaso no éramos los responsables de estas nuevas muertes? A fin de cuentas, tras meses de investigación, no estábamos más cerca de atraparlo que antes, seguíamos en blanco.

—Aquí encontraremos las pistas que necesitamos —dijo Jacky al abrazarme.

Caminamos hacia el auto junto con J. y nos dirigimos a casa, donde permanecimos el resto de la tarde sin decir una palabra, solo acostados en la cama abrazándonos mientras lloraba al recordar el cadáver del pequeño.

Con J. me sentía segura y creo que el bebé también, pues pateó como loco en aquella ocasión cuando J. comenzó a hablarle. Le dijo que yo tenía un carácter fuerte, pero era una mujer maravillosa. Aún recuerdo esas palabras, estoy agradecida de haber pasado tantos lindos momentos a su lado.

Capítulo 9

Londres seguía con su clima bipolar. Llevaba dos días en cama e iniciaba el tercero, el último asesinato me había afectado demasiado.

De pronto, mi teléfono sonó a las diez con cinco minutos. Era Jacky, había reunido nuevos antecedentes sobre la investigación y me necesitaba en la junta dentro de una hora. Mis ganas de levantarme eran nulas, cada día el bebé parecía crecer en mi panza, así lo percibía, sentía que estallaría en cualquier momento.

Tomé mis pantuflas y me dirigí al baño. Ducharme resultaba difícil, así que le había pedido a Talía que me ayudara con eso y los quehaceres de la casa. Con suerte mis baños duraban cerca diez minutos; además, vestirme se me hacía imposible.

Recuerdo que en aquella ocasión opté por un buzo gris completo, mientras Talía me ayudaba a ponerme unas zapatillas grises con blanco. Luego me acompañó hasta la entrada, donde J. esperaba en el auto. Cada vez era más complicado moverme, pero era mi responsabilidad acudir a la oficina, había asumido el caso y debía finalizarlo.

Al llegar a la sala de juntas me pareció extraño ver solo a Jacky.

—¿Dónde está Mareen?

—David se enfermó, así que no pudo presentarse.

Asentí y tomamos asiento. Ella comenzó a hablar enseguida.

—Les tengo excelentes noticias. Antes de eso, comenzaré a hablar sobre las víctimas. Todas recibieron disparos provenientes de un arma nueve milímetros y, según los vecinos interrogados, no escucharon algo sospechoso. Sin embargo, puedo asegurar que el Gato ha empezado a equivocarse, por primera vez dejó en la escena del crimen una prueba que me guio hasta su identidad.

Abrí mucho los ojos y miré a J., desconcertada. No entendía cómo Jacky había llegado a esa conclusión durante mis tres días de ausencia.

—¿Recuerdan al sujeto que instaló las cámaras y a su ayudante? Bueno, tengo al sujeto y a toda su familia en la morgue. —Señaló hacia el suelo—. ¿Recuerdan a su ayudante? Bueno, al muchacho lo interrogaste a los dieciocho años, July, es decir, dos años atrás. Sus padres y el tuyo fallecieron aquella tarde de lluvia en la carretera… El chico dejó sus huellas digitales en el suelo y la tarjeta, así que está detenido como principal sospechoso… Tienes que interrogarlo otra vez. —En este punto, su voz se endureció.

Ofuscada por lo que acababa de escuchar, les pedí que me dieran un momento sola en mi oficina, así que abandoné la sala de juntas.

Comencé a mirar por la ventana y las lágrimas cayeron con lentitud por mis mejillas. Quería entender que aquello no estaba pasando, pero era imposible. En mi equipo estaba la mejor forense de Londres, sabía que sus conclusiones eran ciertas. A mi mente acudió el recuerdo de aquella primera vez en que interrogué al chico. Él tenía dieciocho años y le creí. No pude evitar pensar que, quizá, si hubiera seguido mis instintos como detective, en lugar de los sentimientos que dominaban mi carrera, las familias que habían sido víctimas de sus atrocidades estarían vivas.

Capítulo 10

Hace meses que miro las noticias. ¡Esa estúpida detective! Cree que me descubrirá, pero es solo una pobre estúpida… Si desde el principio hubiera usado sus años de universidad para investigar la muerte de su padre, en lugar de dejarse llevar por la lástima que le inspiraba un adolescente que acababa de perder a sus padres, habría visto la maldad en mis ojos. No fue así.

Elegí a mis victimas al azar. Si ese estúpido de John no me hubiera sacado de mis casillas, habría evitado esta sala de interrogaciones, donde espero volver a verla.

Recuerdo a mi primera víctima, un gato negro de ojos verdes. Mi padre me golpeaba todos los días porque el maldito gato tiraba los tarros de basura… Eran abusivos mis padres, yo sabía que necesitaban una lección.

Aquella tarde de lluvia decidieron ir a la ciudad, así que corté sus frenos… No puedo negarlo, siempre me ha gustado causar dolor, ver a la gente sufrir a causa de muertes sádicas y dolorosas, leer acerca de ellas en los periódicos o en Internet, desde niño me produce una extraña satisfacción. Y saber que alguien más sufrirá con aquella muerte, y no solo quien la sufre, me lleva al éxtasis.

Recuerdo cuando me interrogaron aquella primera vez… Comencé a llorar y gritar como si me afectara… Ella tenía cabellos castaños, entró a la sala de interrogación preguntando qué hacían mis huellas en la manguera de frenos. Respondí, con voz inofensiva, que había ayudado a papá a arreglarla… Tras varias semanas, concluyó que había sido un accidente y dijo que cerrarían el caso; como tenía dieciocho años, podría volver a casa y vivir solo.

Mis primeras víctimas humanas fueron una pareja con un bebé. Meses antes habían cotizado la instalación de cámaras de seguridad, pero el tipo fue grosero, así que lo anoté en mi lista… La segunda fue una peluquera que encontré muy guapa, la invité a salir, pero me rechazó, así que también la anoté… Y bueno, la familia de mi estúpido jefe; murieron porque se burlaron de mí en una cena, todos merecían morir.

Sé que cometí errores de novato, pero creo que causé mucho dolor en el camino y eso me gusta

Ahora estoy en la misma sala de interrogaciones, mirando fijo hacia la ventana. Sé que ahí está ella, mirándome de la misma forma, seguro acompañada de su equipo. No obstante, me sorprendo al ver a una mujer de buzo y zapatillas grises, con una panza de ocho meses… Me observa desde la esquina de la habitación…

Ahora dice que me recuerda y comienza a creer que la manguera de hace dos años no fue un accidente. No puedo evitar interrumpirla:

—El destino sabía que nos volveríamos a encontrar, July… En efecto, aquello no fue un accidente. Asesiné a mis padres y al tuyo… ¿Sabes? Planeé todo esto para volver a verte, asesiné a sangre fría a esas personas, dejé dos niños vivos y maté uno… La verdad, no estoy arrepentido.

—Pero ¿por qué? ¿Por qué lo hiciste? ¡Eran personas inocentes!

—¿Inocentes? Por favor, detective. En este punto, espero que hayan descubierto al menos el lavado de dinero… de resto, ¡nadie tenía el derecho de menospreciar o humillarme, así que los hice pagar! Piense en los grandes, detective. En Manson, Cunanan, Bundy, ¡piense en ellos! ¡Mi fama como asesino en serie será igual!

Apenas termino de hablar, otra policía y el detective ingresan a la sala de interrogaciones. Me suben a un auto policial, mientras la prensa se aglomera a nuestro alrededor, esperando las declaraciones de la detective.

Me han traído a una celda en la cárcel de máxima seguridad de Londres, donde debo esperar mi juicio.

Capítulo 11

Estaba en casa después del día más largo de mi vida. Recuerdo cuando papá regresaba luego de haber resuelto un caso de forma exitosa, siempre jugaba conmigo y luego veíamos películas.

Debo decir que sin J. no hubiera sido capaz de enfrentar aquellas situaciones. Llegado el día que esperé durante meses, lo analizaba frente a la ventana de mi habitación. Me había encontrado con él después de tantos años, el chico confesó cada uno de sus crímenes, la declaración quedó guardada en las grabaciones llevadas por la policía. Encerrarlo en la cárcel de máxima seguridad fue un momento de éxito. La prensa se aglomeró para escuchar mis declaraciones, incluso salí en cada periódico de la ciudad, mencionada como la detective del siglo XXI, la mujer que atrapó al Gato, el asesino serial de veinte años. Eso significó cerrar una etapa de mi vida, al descubrir que el Gato y yo teníamos una historia que nos unía de forma trágica y dolorosa. Al menos, eso pensaba. ¿Quién me iba a decir que en un día podían acumularse tantas experiencias?

A las doce de la noche de aquella jornada desperté asustada y húmeda.

J. me miró asustado, pero rio al instante:

—¿Te has hecho pipí en la cama, July?

Sin embargo, su rostro cambió cuando fijé los ojos bien abiertos en él.

—He roto mi fuente.

Comenzó a saltar girando la mirada hacia todos lados, más nervioso que yo. Se vistió en pocos minutos, tomamos los bolsos que estaban preparados desde hacía días y partimos hacia el hospital. El trayecto en el ascensor fue lo peor para mí, sentí que el bebé saldría en cualquier momento; gracias a Dios no fue así, llegué al hospital gritándole a J. que dejara de preguntarme cómo me sentía cada dos minutos, aullando igual que una loca por el pasillo.

No recuerdo mucho del parto, solo que J. se desmayó un par de veces, así que la enfermera lo dejó en el suelo hasta que nació el bebé, lo despertó cuando nos trasladaban a otra habitación. Sentí que vivía un momento de película, por fin estábamos los tres.

Mientras disfrutábamos el conmovedor encuentro, noté que en el televisor de la habitación transmitían las noticias, donde aún hablaban del caso que la detective Juliana Anderson había resuelto. A pesar de los recuerdos que podían llegar con esas imágenes, sentí que la paz por fin nos abrazaba, o eso creí.

Nuestros amigos, acompañados de Derek, entraron a la habitación algunos minutos después, J. había tenido tiempo de avisarles sobre el parto antes de desmayarse.

Era niño y debíamos elegir un nombre. Derek se acercó a mí con ternura, sin que yo lo hubiera mencionado.

—Sé lo que estás pensando, July. Estoy de acuerdo.

Miré a mi alrededor y sonreí.

—Se llamará William Derek J. Schlack Anderson.

Nuestros amigos se deshicieron en palabras de felicitación.

Recuerdo que J. me miró con una sonrisa en sus labios:

—Te ves perfecta.

—Te sienta la maternidad —dijeron mis amigas—. Y el buzo que usabas ayer, cuando atrapaste al Gato.

El comentario provocó risas generales.

Esa fue mi vida durante los siguientes tres días. Permanecer en una cama de hospital recibiendo cuidados de las enfermeras y mis amigas, atender a mi bebé cuando lo llevaban a la habitación y seguir el reporte de las noticias en el televisor.

Al tercer día, las enfermeras me dieron el alta, era momento de llevarme a mi bebé. Tras cruzar la puerta del hospital con mi familia y amigos, descubrí que la prensa esperaba afuera. Querían saber qué pasaría conmigo y mi carrera de detective, obtener más detalles sobre el caso resuelto.

—Ofreceré declaraciones en un par de días, ahora debo descansar.

Nos abrimos paso lo mejor que pudimos para subir al auto. Una vez en el departamento, me llenaron de felicidad con una fiesta de bienvenida. J. había comprado un muñeco de peluche para nuestro bebé.

La fiesta fue un éxito. Luego de eso, Derek se quedó con nosotros un par de semanas, el tiempo necesario para terminar de organizar la boda, queríamos hacer algo pequeño en un salón a las afueras de Londres.

Durante esas dos semanas, una mañana le pedí a Derek que cuidara de William durante una hora, pues planeaba despedirme de aquello que en algún momento fue mi segundo hogar.

—Luces hermosa —dijo Derek—, en la cámara te verás aún mejor.

J. y yo salíamos de la casa. Después de la entrevista, teníamos la ceremonia para ceder mi puesto. Era una tranquila mañana de día lluvioso, la ceremonia se realizaría en el salón de conferencias, así que me dediqué a repasar mi discurso y las posibles respuestas.

La prensa comenzó a llegar. J. estaba nervioso ante la idea de asumir un cargo tan importante, pero le aseguré que entendía cómo se sentía, pues había pasado lo mismo tres años atrás. Sabía que quizá no era el más capacitado de la oficina, pero el traspaso del cargo nos ocasionó muchas discusiones, ya que lo codiciaba. En otro momento de mi vida no habría dado mi brazo a torcer; sin embargo, tras el nacimiento de William mis prioridades habían cambiado y la jefatura pasó a parecerme algo de menor importancia.

—Estaremos juntos sin importar lo que suceda.

Luego de besarlo, comencé mi discurso tomando su mano.

—Hoy es un día grandioso. Estoy aquí, de la mano del amor de mi vida, porque hemos resuelto este caso juntos. Dejo en las suyas este equipo de trabajo maravilloso, sé que lograrán muchas cosas… Decidí cederle el cargo porque confío en sus capacidades de alcanzar grandes cosas, quiero dedicarle tiempo a nuestro hijo, pero estaré apoyándolo…

Aún no finalizaba mi discurso cuando escuché un disparo. Confundida, vi a J. caer al suelo. En medio del pánico desatado entre los presentes, me arrodillé junto a él sin dejar de gritar.

A mi alrededor, los representantes de la prensa comenzaron a correr en todas direcciones, sin saber de dónde provenía el disparo. Miré alrededor sin dejar de sostener la mano de J., mientras posaba la palma sobre su herida, tratando de detener la sangre. Contemplé sus ojos, me pareció que llenos de decepción; al fin había alcanzado el cargo que tanto deseaba, pero ocurría esto; no obstante, sus últimas palabras me sorprendieron.

—Te cuidaré... desde donde quiera que esté, amor... Te amo.

Con el pecho apretado y la angustia apoderándose de mis sentidos, vi que la policía ingresaba en el recinto para apresar a un chico de veinticinco años. Fuera de mí, no entendía qué había ocurrido.

Con el paso de los días, descubrieron que el chico que asesinó a J. era el fan número uno del Gato. A partir del incidente la policía comenzó a cerrar páginas de Internet donde adoraban al Gato, pues la actividad había aumentado luego de su detención. Como proliferaban, le dedicaron un par de meses a la tarea.

A pesar de que la clausura de los sitios web era algo positivo, lo único en que podía pensar era en el día en que le di el último beso al amor de mi vida y su corazón dejó de latir, mientras yo seguía a su lado gritando.

Derek televisó la muerte de su hijo, también Jacky, al salir de la sala de conferencias para ir a buscarlo a mi departamento con el niño. Nos reunimos en mi despacho, donde lloramos el resto de la tarde.

A raíz de aquello, decidí ceder el cargo a un detective amigo de Derek, mientas me encargaba de trasladar mis pertenencias del despacho al departamento. Aquella fue una difícil decisión, pero sé que la correcta.

Cremamos a J. Poco después me mudé con Derek y William a París. La última vez que mi hijo y yo miramos el parque desde mi despacho fue un día antes de irnos, cuando empaqué lo que restaba. Incapaz de hacerme cargo de algún otro trámite, le dejé mi departamento a Jacky y preparé solo algunas pertenencias para el viaje a París. Durante el camino al aeropuerto abracé a William con lágrimas en los ojos, a medida que el paisaje londinense se alejaba. Era un bebé de un mes, pero abrazaba con firmeza a su gato negro de peluche.

El vuelo fue corto y agotador. Al aterrizar nos esperaba un auto, donde cargamos las dos maletas que llevaba; Derek transportaba las cenizas de J. en una vasija.

El viaje a casa se hizo eterno. En cuanto llegamos, Derek me abrazó al decir que estaríamos bien. Sonreí con mis ojos llenos de lágrimas, pero me dije que sí, estaríamos bien.

Aún vivo en París con el pequeño William. Derek murió hace dos años y mi vida ha sido difícil aquí, pero salgo adelante por mi hijo. ¡Está tan grande! Tiene esos hermosos ojos azules de su papá, además del cabello rubio; es un clon suyo. Con tan solo siete años quiere ser detective, como sus abuelos y el padre. Espero que cambie de opinión al crecer. De vez en cuando, Jacky nos visita con David y Mareen. Con las experiencias que he superado, con frecuencia recuerdo que la vida puede cambiar de un momento a otro, pero depende de cada uno sobreponerse, solo hay que saber enfrentar cada situación.